BIG LIFE

빅 라이프

빅라이프 5

우지호 장편소설

초판 1쇄 찍은 날 | 2016년 11월 15일
초판 1쇄 펴낸 날 | 2016년 11월 22일

지은이 | 우지호
펴낸이 | 예경원

기획 | 위시북스
편집책임 | 박우진
편집 | 이즈플러스

펴낸곳 | 예원북스
등록번호 | 제396-2012-000132호
등록일자 | 2012. 7. 25
KFN | 제1-041호

주소 | 경기도 고양시 일산동구 호수로 646-24 위너스21 II 빌딩 206A호 (우)10401
전화 | 031-819-9431 팩스 | 031-817-9432
E-mail | yewonbooks@naver.com

ISBN 979-11-5845-367-1 04810
979-11-5845-517-0 (set)

※ 이 도서의 국립중앙도서관 출판시도서목록(CIP)은 서지정보유통지원시스템 홈페이지(http://seoji.nl.go.kr)와 국가자료공동목록시스템(http://www.nl.go.kr/kolisnet)에서 이용하실 수 있습니다.

BIG LIFE
우지호 장편소설
5
WISHBOOKS MODERN FANTASY STORY
빅라이프
Wish Books

빅라이프
BIG LIFE

CONTENTS

32장
평생 차겠습니다

'후우……!'

재건이 키보드에서 두 손을 거두고 머리를 쥐어뜯었다.

전개가 풀리지 않는 '오스카의 던전' 6권 원고를 붙잡고 끙끙대는 중이었다.

이곳이 작가 사무실이 아닌 자신의 원룸이었다면 소리를 지르며 책상을 주먹으로 내려쳤을지도 모른다.

'선배님, 오스카가 이 시점에서 길드에서 나오게 만들 예정이었거든요. 근데 지금 생각해 보니까 너무 식상해요.'

재건이 텅 빈 허공을 바라보며 마음으로 물었다.

'던전에서 드래곤의 아티팩트를 흡수한 건 오스카의 잘못이 아니죠. 하지만 길드장은 강한 힘을 얻게 된 오스카를 시

기하게 됐고요. 이 두 캐릭터를 잘 살려낼 수 있는 쪽으로 전개를 해야 할 텐데요.'

–길드장의 부조리한 처사를 참고 버티는 것도 호구처럼 보이겠지. 제3의 인물을 등장시키는 것도 생뚱맞을 수 있겠고. 오스카와 길드장의 성격에 초점을 맞춰 좀 더 고민해 보게.

위대한 선배로부터도 이렇다 싶은 확답이 돌아오지 않았다.

얼마나 더 고민해야 하는 걸까.

재건은 상체를 뒤로 한껏 젖히고 기지개를 켰다.

온몸의 뼈가 우두둑 울렸다.

'확실히 더 브레스를 쓸 때만큼 절실하지 않은 건지도…….'

재건은 텅 빈 모니터 화면의 워드 프로그램을 보며 턱을 괴고 상념에 잠겼다.

꽤나 고민했다고 생각했지만 돌이켜 보면 '오스카의 던전'을 쓰기 시작한 지 얼마 되지도 않았다.

'더 고민해 보자. 해답이 나올 때까지 절실하게. 아직 시간은 많아.'

5권까지의 원고는 완성되어 있으니 당장 급할 건 없었다.

재건은 창가로 가 커피를 마시며 잠시 휴식했다.

늦봄의 따사로운 햇살이 쏟아져 들어오고 있었다.

'이제 또 금세 더워지겠어.'

재건은 손을 들어 땀이 촉촉이 밴 뒷목을 문질렀다.

오늘도 방송국에서 '작가의 서재'를 녹화했던 날처럼 정장을 입고 있었다. 재인이 골라준 연녹색 셔츠와 붉은 넥타이의 조합이 잘 어울렸다.

'11시 10분 전까지 오면 된다고 했지. 괜히 미리 입고 와서 이 고생을 하네.'

재건은 불편하기 짝이 없었다.

역시 정장도 입던 사람이 입는 거라는 생각만 들었다. 기상청의 예보보다 기온도 높은 날이었다. 당장 벗어버리고 싶었지만 제작 보고회를 알몸으로 갈 수는 없는 노릇이었다.

"저기, 하 작가님."

등 뒤로 다가온 은영이 말을 걸었다.

돌아본 재건 앞에는 그녀와 함께 민호와 현경까지 세 사람이 나란히 서 있었다.

"무슨 일이세요? 갑자기 몰려오셔서?"

세 사람 모두 표정이 진중했다.

재건은 덩달아 심각해져서 두 눈을 가늘게 떴다.

"뭐 안 좋은 일이라도 생긴 겁니까?"

"드릴 말씀이 있어서요."

대답과 동시에 은영이 민호에게 눈짓을 보냈다.

민호가 뒷짐을 지듯 몸 뒤로 숨기고 있던 두 손을 앞으로 내밀었다. 손바닥 위에는 작은 사각 상자가 놓여 있었다.

"이게 뭔가요?"

"하 작가님께 드리는 저희의 작은 선물입니다."

"선물…… 이요?"

생일도 아닌데 난데없는 선물이라니.

어안이 벙벙해져 받지도 못하고 어정쩡하게 선 재건에게 민호는 말을 이었다.

"십시일반으로 저희들끼리 마련한 겁니다. 그간 정말 하 작가님께 신세 많이 졌습니다. 염치없지만 앞으로도 잘 부탁드리겠습니다."

"무슨 말씀을…… 제가 뭘 해드렸다고 이런……."

"어서 받으세요, 작가님."

재건은 떨리는 손을 뻗어 상자를 받아 들고는 뚜껑을 열었다.

그는 일순 햇살을 바라본 것처럼 눈부신 느낌에 휩싸였다. 한눈에도 꽤나 고급스러운 은빛 메탈 손목시계였다.

"차보세요. 사이즈 딱 맞으실 거예요. 하 작가님 주무실 때 제가 몰래 측정하느라 실례 좀 했어요."

은영의 말대로 시계는 재건의 손목에 딱 맞았다.

재건은 감격스러운 시선으로 손목에 찬 시계를 내려다볼

뿐 한동안 아무런 말도 할 수가 없었다.

"아직 형편이 아주 좋아진 건 아니라서요, 하하하. 더 좋은 걸 해드리지 못해서 죄송합니다."

"디자인은 마음에 드세요? 은영이 누나가 고른 거예요."

"야, 당연히 마음에 드시겠지. 내 센스가 얼마짜린데. 지금 정장하고도 잘 어울리시네요. 거 봐, 민호 형. 내가 이래서 오늘 제작 보고회 가시기 전에 드리자고 한 거야."

재건은 입가에 웃음을 그리는 동시에 코가 찡해져 어금니를 악물었다.

다들 이제야 겨우 숨통이 트이기 시작한 단계라는 걸 모르지 않았다. 셋이서 돈을 모았다고 해도 적잖은 부담이 되었으리라.

"평생 찰게요."

재건이 목울대를 한 번 울린 끝에 가까스로 입을 열었다.

"평생 차겠습니다. 정말로 고맙습니다."

목이 메어 토막토막 끊어서 말할 수밖에 없었다.

가난한 세 작가가 내보인 성의는 재건에게 있어 최고의 선물이었다.

"하 작가님 코가 빨개지셨다. 왜 이러실까?"

은영이 슬그머니 옆으로 다가와서는 두 눈을 흘기며 짓궂게 웃었다.

재건은 손가락으로 두 눈을 꾹꾹 누르고는 씨도 안 먹히는 변명을 시도했다.

"아니요, 눈에 그거…… 창문에서 먼지가 들어와서요."

"거짓말, 창문 닫혀 있는데요?"

"생각해 보니 제가 환절기에 알레르기가 좀 있어서요. 아, 찬물로 세수 좀 해야겠습니다. 알레르기로 얼굴 간지러울 땐 찬물로 세수하면 나아지거든요."

재건이 도망치듯 화장실로 가 문을 닫았다.

세 작가는 기다렸다는 듯이 웃음을 터뜨리고는 서로의 손바닥을 번갈아 맞부딪쳤다.

BIG LIFE

'스무 살의 여름' 제작 보고회는 뉴던시네마 압구정점에서 개최되었다.

시간은 오전 11시.

일정에 맞춰 정해진 것이 아닌 업계의 관례였다. 영화 홍보 효과를 극대화시키기 위해서 선택된 시간인 것이다.

"박새윤 아나운서가 MC를 보네."

"요즘 잘나가. 센스 좋고 눈치도 빠르잖아."

삼삼오오 모인 기자들이 사회를 맡은 박새윤에 관한 대화를 나누고 있었다.

사회자의 역할은 몹시 중요하다.

박새윤은 최근 들어 특히나 영화계에서 선호하는 아나운서였다. 기자들의 복잡하고 다양한 질문을 깔끔하게 정리해 출연진과 감독에게 전달하고, 반대로 이들의 애매모호한 대답을 명확하게 고쳐 다시 기자들에게 되돌려 주는 것.

이러한 방면에서 최고로 정평이 난 아나운서가 박새윤이었다. 적절한 유머로 행사 분위기를 이끄는 능력은 덤이었다.

“섭외비가 얼마일까?”

“맥시멈 700 아냐?”

“박 기자한테 언뜻 듣기론 800이라던 것 같던데.”

“잘나가네. 좋겠다, 좋겠어. 하루도 아니고 몇 시간 만에 800이라니. 갑자기 내 10년 기자 생활이 눈물겹군.”

단상 위에는 다섯 사람이 줄을 지어 의자에 앉아 있었다.

좌측에서부터 이예지 역을 맡은 채보라, 한주희 역을 맡은 유소영, 이진혁 역을 맡은 주연배우 박도준, 감독 우재훈이었다.

가장 오른쪽은 원작자 하재건이 자리를 차지하고 있었다.

‘후우. 진정이 안 되네, 이거.’

한사코 내색하지 않으려 버티고 있었지만 도무지 가슴이

진정되질 않았다.

'작가의 서재' 스튜디오 녹화 때와는 차원이 달랐다.

헤아릴 수 없는 기자가 눈앞을 에워싼 가운데 거듭 플래시가 폭발했다.

제대로 눈을 뜨고 있기만도 버거울 지경이었다. 지나치도록 생생한 현장감이 사람들 앞에 나선 경험이 별로 없는 재건을 지치게 만들었다.

'나한테 오는 질문이 거의 없어서 다행이군.'

그나마 재건이 안도할 수 있는 부분이었다.

기자 대부분의 관심은 배우와 감독에게만 쏠려 있었다. 덕분에 원작자인 재건은 아직 질문 한 번 받지 않았다.

하지만 재건은 전혀 섭섭하지 않았다.

오히려 꿔다 놓은 보릿자루처럼 이대로 제작 보고회가 끝나길 갈망하고 있는 쪽이었다.

이렇게 얼어붙은 상태에서 질문을 받았다간 얼마나 우스꽝스러운 목소리가 나올지 생각만으로도 몸서리가 쳐졌다.

"주연을 연기하시면서 어려운 부분은 없으셨나요?"

사회자 새윤이 도준에게 질문하고 있었다.

도준은 긴 두 다리를 바꿔 꼬면서 진지한 표정으로 대답했다.

"이예지의 죽음 이후를 연기하기가 몹시 어려웠습니다.

그전의 이진혁은 단순히 성폭행범으로 오해받는 불쌍한 청춘이었잖아요. 그러다 이예지가 죽고 나서, 그녀의 자살에도 영향을 끼친 거라는 주변의 나쁜 말들에 폭발하고…….”

도준이 정리되지 않은 말을 잇지 못하고 어물거렸다.

새윤은 여지없이 실력을 발휘해 그의 끊어진 말꼬리를 잡아 곧추세웠다.

“그런 와중에 한주희가 다가오는 거죠? 함께 일본 여행까지 다녀왔던 친한 친구 이예지가 왜 죽었는지 파헤치고 싶다면서.”

“네, 그런 거죠.”

도준이 구원받은 사람처럼 환히 웃으며 대답을 이어갔다.

“원래 한주희는 이진혁을 싫어했죠. 항시 용모단정하고 올바른 그녀에게 이진혁처럼 놀기 좋아하고 자유분방한 남자는 눈에 차지도 않았을 거예요. 그런데 이예지가 죽고 난 후, 조력자가 되어줄 사람은 이진혁밖에 없음을 깨닫게 되고 이후 함께 움직이게 되는 거죠.”

도준은 한숨 돌리고 나서 말을 계속했다.

“여기서부터 한주희라는 캐릭터에게 감정을 이입하는 게 무척 힘들었습니다. 애초에 이진혁은 처음부터 퀸카로 자리매김한 한주희를 좋아했어요. 그런데 함께 다니면서 그녀의 수상한 점들을 하나둘씩 깨닫게 되고, 좋아하는 마음과 범죄의 냄새 사이에서 혼란스러워하는 그런 과정 있잖아요. 그런 것들을 표현하는 게 무척 힘들었고, 아직도 힘듭니다. 촬영이 꽤 남았으니까요."

도준의 이야기를 들으며 재건은 속으로 고개를 끄덕이고 있었다.

텍스트로 구성된 소설과 시나리오를 통해 작중 인물의 감정에 몰입하고, 또 그것을 표현하는 배우들의 고충을 얼마간 알 것도 같았다.

한참이나 더 문답이 오가고 제작 보고회도 막바지에 이르렀다.

감독이 기자들의 집중포화를 받는 사이에 재건도 처음이자 마지막으로 딱 한 번 질문을 받았다.

"영화의 원작자로서 시나리오를 보신 소감이 어떠십니까."

"으음, 좋았습니다. 백동일 작가님께서 정말 각색을 잘해주셔서 안심했습니다."

"알겠습니다. 아, 우재훈 감독님. 그러면 예정대로 영화는 여름에 개봉될 수 있는 건가요?"

기자의 질문이 다시 감독에게로 돌아갔다.

재건은 손등으로 이마의 땀을 훔쳤다.

긴 시간의 제작 보고회 중 불과 5초 만에 자신의 역할을 끝낸 그는 비로소 한시름 놓을 수 있었다.

'신촌으로 바로 갈까.'

제작 보고회가 끝나고 해산을 준비할 즈음.

작가들에게 선물 받은 손목시계를 들여다보며 재건은 생각했다.

가는 날이 장날이라고 하필이면 동창회가 겹치는 날이었다. 작년에 이어서 정진이 반드시 오라고 성화를 부렸기 때문에 반드시 참석해야 했다.

"작가님."

주변이 시끄러운 탓에 재건은 자신을 부르는 목소리를 듣지 못했다.

어딘가에 있을 명석을 찾아 주변을 두리번거리고 있으니 손이 날아와 어깨를 가볍게 두드렸다.

"작가님, 잠깐 실례요."

"……안녕하세요."

뒤를 돌아본 재건이 상대를 바라보며 놀란 듯이 대답했다.

커다란 키의 도준이 그림자를 드리우며 서 있었다.

재건은 176㎝인 자신보다 10㎝는 족히 큰 도준을 약간 올려다봐야 했다.

"라디오 때 뵙고 제대로 인사를 나눈 적이 없네요. 정식으로 인사드리겠습니다. 저 박도준입니다."

도준이 기세 좋게 오른팔을 내밀며 악수를 청해왔다. 재건도 팔을 뻗어 그의 커다란 손을 맞잡았다.

"네, 안녕하세요. 하재건입니다."

"오늘 바쁘십니까?"

"오늘이요?"

"핸드폰 되찾아 주셨던 값으로 음료수 하나는 너무 심하다 싶어서요. 작품에 대해 고견도 좀 듣고 싶고요. 제가 오늘은 일정이 한가하거든요."

도준의 말투는 정중함을 챙기면서도 한편으로는 스스럼이 없었다. 재건은 악수했던 손을 놓고 미안한 듯이 웃으며 대답했다.

"정말로 죄송합니다만 오늘은 어렵겠습니다."

도준의 낯 위로 일순 '이것 봐라?' 하는 표정이 스쳐 갔다.

인기 절정의 배우가 먼저 식사를 요청했는데 거절하다니. 항시 넘쳐흐르는 그의 자의식이 용트림을 개시하고 있었다.

"꼭 참석해야 할 동창회가 있어서요. 그 핸드폰 일은 잊어버리셔도 됩니다. 제가 아니라 다른 누구라도 찾아드렸을 겁니다."

"흐음, 그렇군요."

도준은 짐짓 이해한 것처럼 고갯짓을 하면서 빠르게 재건의 기색을 살폈다. 진심으로 미안해하는 재건의 반응을 보니 크게 기분이 나쁘지는 않았다. 어쨌든 자존심에 조금 생채기가 난 것은 사실이었다.

"도준 오빠, 감독님이 찾으셔요."

이예지 역을 맡은 배우 보라가 다가와 아양을 떨듯이 말했다. 아직 재건은 그녀와 인사 한 번 나누지 못한 상태였다.

이제 19살의 신인 배우인 그녀는 원작자인 재건에게 아무런 관심이 없었다. 눈길조차 마주치려 하지 않았다.

"보라, 너. 작가님하고 인사했어?"

도준의 말에 보라는 빠르게 재건을 위아래로 탐색하듯 훑었다. 그러더니 형식적으로 고개를 까닥이고는 썩 좋지 않은 표정으로 말하는 것이었다.

"안녕하세요. 저 아시죠?"

"모르는데요."

보라가 양쪽 눈두덩을 동시에 찌푸렸다.

재건은 무덤덤한 표정으로 도준을 향해 고개를 숙여 보이고는 돌아섰다.

멀어져 가는 그의 등을 향해 보라가 이죽거렸다.

"쫌 재수 없다. 그쵸? 지가 뭐라고 잘난 척은."

"네가 더 재수 없어."

"오빠, 나한테 왜 그래요?"

"말 걸지 마라."

도준은 쫓아오는 보라를 외면하고 감독에게로 향했다.

질문을 끝맺지 못한 연예부 기자들이 그에게 몰려들고 있었다.

원룸으로 돌아온 재건은 불편한 정장을 벗어 던지고 샤워부터 했다.

뜨거운 물줄기를 맞고 있으려니 문득 작년 동창회가 떠올랐다. 정진의 전화를 받고 잠에서 깨어나 찬물로 샤워하고 허겁지겁 집을 나섰었다.

괜스레 웃음이 나왔다.

'작년과 비교하면 정말 많은 게 변했어.'

살고 있는 원룸은 그대로지만 그 외에는 참 많은 변화가 있었다. 이제는 마음껏 온수를 사용한다. 후줄근한 옷을 입고 외출해야 할 걱정도 없다.

재건은 편안한 셔츠와 슬랙스, 그리고 로퍼를 신고 집을 나섰다. 선물 받은 손목시계도 잊지 않고 착용했다. 지하철역으로 향하는 발걸음이 더없이 가벼웠다.

동창회가 열리는 장소는 작년과 꼭 같은 신촌의 주점 하마였다.

주점에 도착한 재건은 간판을 올려다보며 생각에 잠겼다.

작년에는 울적한 마음에 정진과 함께 일찌감치 무리에서

이탈해 둘이서만 2차를 갔었다.

하지만 오늘은 그럴 일이 없을 것이다.

정진을 비롯한 마음 맞는 동기들과 더불어 세상 끝까지라도 달려볼 기세였다.

“안 들어가고 뭐 하냐?”

등 뒤로 나타난 정진이 불시에 등을 툭 쳤다.

재건은 놀라서 몸을 움찔 떨며 뒤를 돌아보았다.

“깜짝이야. 야, 나 심장 약하다고 했냐, 안 했냐.”

“어? 재건아, 나 이 장면 꿈에서 본 거 같다?”

“꿈은 무슨, 작년에도 네가 나한테 이랬잖아.”

정진이 담배를 꺼내며 실실 웃었다.

“나 담배 하나만 피우고 같이 들어가자. 몇 시야, 지금?”

“7시 조금 넘었다.”

재건이 손목시계로 시간을 확인하고 대답했다.

담배를 꺼내 물던 정진의 시선이 시계로 꽂혔다.

“시계 샀어?”

“어?”

“티소네. 엄청 버는 작가치고는 소소한 축에서 골랐구만.”

“티소가 기종 이름이야?”

“넌 이 시계가 뭔지도 모르고 샀어?”

“내가 산 게 아니라 사무실 작가님들한테 선물 받은 거야.”

"아아, 그래?"

정진은 담배를 한 번 깊이 빨아들이고는 하얀 연기를 내뿜으며 대답을 이어갔다.

"티소는 브랜드 이름이야. 명품치고는 저렴한 중저가 브랜든데 품질 좋고 디자인도 괜찮고 해서 인기 많아."

"브랜드였군. 가격은 얼마나 돼?"

"내가 이 모델은 좀 알지. 인터넷 최저가로 90만 원 조금 넘을걸?"

"뭐? 얼마?"

재건이 기겁해서 입을 반쯤 벌렸다. 끽해야 20만 원 전후일 줄 알았지 이토록 비싼 시계일 줄은 꿈에도 몰랐다. 민호, 은영, 현경이 30만 원씩은 각출했다는 얘기가 된다.

"그렇게 비쌀 줄 몰랐는데."

"한 달에 억 대를 벌면서 90만 원 가지고 웬 엄살이냐?"

"선물한 작가들 형편이 아직 썩 좋은 편이 아냐. 가격 들으니까 굉장히 부담스러워진다."

"너라는 인간에게 선물할 가치를 느꼈으니까 선물했겠지. 쓸데없는 부담 느끼지 말고 잘 차고 다녀. 그게 선물한 사람 마음 위하는 거야."

정진이 휴대용 쓰레기통을 꺼내 다 피운 담배꽁초를 집어넣었다. 그와 함께 돌아서는 재건의 눈앞에 수희가 웃는 얼굴로 서 있었다.

"어? 언제 왔어?"

"여기 30초쯤 서 있었는데? 무슨 얘기들을 그렇게 재밌게 해서 내가 온 것도 못 봤니?"

수희가 어깨에 멘 가방을 풀어 두 손에 들며 대답했다.

레이스 장식이 돋보이는 셔츠에 플레어스커트를 입은 옷차림이 더없이 화사했다.

문득 재건은 어느새 작별을 눈앞에 둔 봄이 안타까워졌다.

"다른 애들은 다 왔어?"

"모르겠다. 우리도 아직 안 들어가 봤어."

"그럼 얼른 들어가자. 가만 서 있지 말고."

수희가 사이로 비집고 들어와서는 재건과 정진의 양팔을 붙잡았다. 두 남자는 그녀의 팔에 이끌려 지하 주점으로 이어지는 계단을 밟았다.

33장

치마가 왜 짧아질까

주점 가장 안쪽의 큰 자리에는 10여 명 남짓의 동기가 모여 있었다. 세 사람과 시선이 마주치자마자 모두가 하던 말을 멈추고 손을 번쩍 들어 보였다.

“박정진이랑 하재건은 역시 사귀는 게 맞네. 또 붙어서 오냐?”

“역시 천효진 여사님, 먹는 자리에는 항상 1등이군.”

“이수희, 오랜만이다. 작년엔 못 봤잖아.”

“응, 오랜만이야. 작년에 갑자기 회사에 일이 생겨서.”

소란스런 인사가 한바탕 끝나고 동기들이 자리를 만들어 주었다.

수희는 자연스레 여자들 쪽으로 가 자리를 잡았고 재건과 정진은 그녀의 맞은편에 나란히 앉게 되었다.

"수희 치마가 점점 짧아지는 거 같지 않냐."

정진이 재건의 귀에 대고 속삭이듯 물었다. 재건은 피식 웃으며 말을 받으면서도 무심코 수희에게로 시선을 향했다. 확실히 짧아지긴 한 느낌이었다. 다소곳이 두 다리를 모으고 앉아 있어도 스타킹 신은 허벅지 절반 이상이 드러나 있었다.

"과감해졌어. 저건 뭔가 심경의 변화가 있다는 거야."

"무슨 심경의 변화?"

"연애하고 싶다는 무언의 어필이지."

"시끄러워. 맥주나 내놔."

잔을 드는 재건의 옆으로 정미가 피처를 들고 와 앉았다.

"재건아, 내가 한잔 줄게."

"아, 고마워. 너도 한잔 받아."

정미가 발그레한 얼굴로 재건이 따라 주는 술을 받고는 말했다.

"장편 봐 줘서 너무 고마워. 네가 도와주지 않았다면 반도 못 쓰고 포기했을 거야."

"나도 네 글 재밌게 읽었어. 나한테도 공부가 많이 됐어. 서로 좋은 거지."

"오리엔테이션 가길 정말 잘했어. 그날 네 강연도 참 감동적이었고 배울 점도 많았어."

가까이서 재건을 향한 정미의 두 눈이 초롱초롱 빛났다.

맞은편 수희의 시선이 칼날처럼 예리해졌지만 워낙 찰나의 순간이라 아무도 느끼지 못했다.

"야, 근데 재건아. 너 진짜 얼마나 잘나가는 거냐?"

동기들 중 하나가 불쑥 질문을 던져 왔다. 그의 질문을 시작으로 모두가 하던 말을 멈추고 재건에게로 시선을 모았다. 재건이 엄청난 성공 가도를 달리고 있다는 것을 모르는 동기는 한 사람도 없었다.

"이번에 영화화까지 되고 베스트셀러로 100만 부 팔고."

"장르판도 완전히 휘어잡았다며? 수입은 장르 쪽이 훨씬 더 큰 거지? 대체 한 달에 얼마씩 버는 거야?"

"우리한테만 살짝 알려주라. 응? 응?"

"박도준도 만나 봤어? 그리고 채린은 실물이 낫냐? 아니면 사진빨이냐?"

말문이 터지자 걷잡을 수가 없었다. 동기들은 앞뒤를 다투듯이 연달아 질문을 쏟아냈다. 재건은 진땀을 빼면서도 가능한 한 최선을 다해 대답해 주었다.

한편으로는 민망하고 부담스럽기도 했다. 모두가 함께하는 동창회다. 자신만의 이야기로 긴 시간을 보내고 싶지 않았다.

"얘들아, 이제 그만하고 술부터 한잔씩 나누자."

재건의 마음을 읽은 정진이 술잔을 내밀며 화제를 전환시켰다. 재건은 친한 친구의 배려에 내심 고마워하며 잔을 내밀었다.

바로 그때, 핸드폰이 울리며 전화가 걸려왔다.

"어?"

핸드폰을 꺼내 든 재건이 몸을 경직시켰다.

애플티 채린으로부터 걸려온 전화였다.

옆에서 힐끗 들여다본 정진은 자기도 모르게 경악해서 소리치듯 물었다.

"야, 설마 애플티 채린?!"

"뭐? 진짜? 진짜 그 채린한테 전화 온 거야?"

"야, 재건아! 나 진짜 평생소원인데 딱 한 번! 진짜 딱 한 번 10초만 통화하게 해주면 안 되냐?!"

동기들 사이에서 난리가 났다. 특히 흥분한 남자들의 성화가 엄청났다. 몇몇은 짐승처럼 괴성까지 내지르고 있었다.

재건은 동기들을 피해 화장실 쪽으로 가서 전화를 받았다.

"여보세요?"

-안녕하세요, 작가님. 바쁘세요?

"괜찮습니다, 동창회하는 중이거든요."

-진짜 동창회였구나…….

"네? 지금 뭐라 그러셨어요?"

—아, 아니. 아니에요. 오늘 제작 보고회 하셨죠? 안부도 여쭤볼 겸 전화해 봤어요. 번호 교환하고 통화 한 번 안 했잖아요.

"하하하, 네……."

—근데 거기 엄청 시끄럽네요. 뭐 싸움 났어요?

"채린 씨 때문이에요."

—저 때문이라니요?

재건이 소리 없이 웃으며 핸드폰을 고쳐 잡았다.

"채린 씨한테 전화 와서 동기들이 난리가 났어요. 평생소원이라고 채린 씨랑 10초만 통화 좀 하게 해달라는 동기도 있네요."

—어머, 기뻐라. 제가 웬만하면 팬서비스로 통화해 드리고 싶은데 지금 또 매니저 오빠가 눈에 불 켜고 째려보고 있어요.

"네, 바쁘실 텐데 어서 일 보세요."

—죄송해요. 그럼 동창회 즐겁게 보내세요.

전화를 끊고 자리로 돌아와 보니 소란은 아까보다 더했다. 몇 명은 테이블 옆으로 나와서 애플티의 안무를 따라하며 노래까지 부르고 있었다.

"야, 재건아. 채린이 뭐래? 왜 전화한 거야?"

"아니 그냥 뭐…… 제작 보고회 잘 끝냈냐고 묻던데."

"그런 것까지 전화해서 물어봐? 자기랑 상관도 없는데?

너 채린이랑 사귀냐?"

"사귀긴 뭘 사귀어. 말도 안 되는 소리하지 마."

"방송에서 만나게 된 거지? 손잡았어? 키스도 했어?"

"야, 너 그 입 좀 다물어주지?"

채린의 이야기가 화제의 중심에서 벗어날 때까지 또 한참의 시간을 소모해야만 했다.

어쨌거나 즐거운 분위기 속에서 재건은 동기들과 거듭 술잔을 맞부딪쳤다.

'그러고 보니 명훈이가 안 왔네.'

재건은 문득 명훈의 얼굴을 떠올렸다. 정말이지 까마득하게 잊고 있었다. 이렇게 동창회 분위기가 즐겁고 쾌적했던 이유를 알 것도 같았다.

술을 마시는 속도가 더욱이 빨라졌다.

빠른 건 맞은편의 수희도 마찬가지였다.

"수희야, 너 오늘 좀 빠르지 않아?"

효진이 주변 동기들 몰래 걱정스레 물었다. 걱정이 되지 않을 수가 없었다. 동창회가 시작된 이후 수희는 손에서 술잔을 거의 놓질 않고 있었다.

"안 빨라. 간만에 마시니까 좋아서 그래."

수희가 두 눈을 치켜뜬 채 입으로만 웃으며 대답했다. 괴리감 가득한 미소에 효진은 어쩐지 간담이 서늘해졌다.

'잘났어, 하재건……! 걸그룹 멤버랑 전화도 하고 아주 좋아 죽겠네. 저 표정 좀 봐.'

재건이 아무 여자에게나 쉽게 사심을 가질 남자가 아니라고 생각하면서도 묘한 질투심이 일었다. 무엇보다 상대가 일반인도 아닌 인기 절정의 스타인 것이다.

사실 오늘 수희는 재건에게 하고픈 얘기가 많았다. 하지만 도무지 말을 꺼낼 틈조차 없는 분위기가 계속되고 있으니 어찌할 도리가 없었다.

'더워……. 바람이나 쐬고 와야겠다.'

수희는 슬그머니 가방을 챙겨 자리를 빠져나왔다.

주점 앞으로 나오니 이미 세상은 한껏 어두워져 있었다. 휘황찬란한 조명의 밤거리에 대고서 수희는 한껏 가슴을 펴고 심호흡을 했다.

"혼자 나와서 뭐 해?"

"……?!"

수희가 토끼처럼 두 눈을 동그랗게 뜨고 돌아보았다.

어느새 따라 나온 재건이 곁에 서 있었다.

"왜 나왔어?"

"너 도망가려는 줄 알고 쫓아왔지."

수희가 고개를 살짝 숙이고 가볍게 웃었다.

"바람 쐬러 나온 거야."

“같이 쐬고 들어가자.”

“한참 있을 건데.”

“나도 한참 있지 뭐.”

두 사람은 말없이 거리를 바라보며 선선한 밤공기에 몸을 맡겼다.

몇 분이나 지났을까.

이윽고 수희가 넌지시 입을 열었다.

“사실 오늘 할 말 있었어.”

“할 말?”

“응, 회사 일에 관한 건데…… 근데 다음에 해야겠어. 네가 화제의 중심이 돼버려서 도무지 말을 할 틈이 안 생기네.”

수희가 혀를 살짝 내밀어 보이며 웃었다. 재건은 아주 잠깐 생각하는 표정을 하더니 그녀에게 물었다.

“1차 끝나고 이탈할까?”

“어떻게 그래.”

“할 얘기 있다면서. 우리 말고도 이탈할 애들 있을걸? 정진이한테만 살짝 언급해 두면 되고.”

재건 입장에서도 궁금한 얘기였다.

수희가 목울대를 한 번 울리고는 떠보듯이 물었다.

“정말 그래도 괜찮겠어?”

“안 괜찮을 게 뭐 있어. 나도 계속 채린 질문만 받으니까 힘들어서 이탈하고 싶다."

자리로 돌아온 재건은 정진에게만 사정을 설명했다. 그러고는 1차가 끝나자 붙잡는 동기들을 가까스로 뿌리치고 무리에서 빠져나왔다. 수희는 한발 먼저 핑계를 대고 자리를 벗어난 상황이었다.

"여기야, 재건아."

약속된 주점에 도착하니 먼저 온 수희가 손을 들며 반겼다.

재건이 맞은편에 앉았고 주문한 안주와 술이 나왔다. 대화는 재건의 질문으로 시작되었다.

"할 말이 뭔데?"

"으음…… 어디부터 말해야 할지 모르겠네."

수희가 한동안 머뭇거리더니 조심스레 말을 꺼냈다.

"너 요즘 많이 바쁘지?"

"별로. 판타지 말고는 딱히 쓰는 글도 없어."

"내가 게임 시나리오 다시 써달라고 하면 싫겠지?"

재건이 뜨악한 표정으로 상체를 살짝 뒤로 뺐다.

"내 시나리오는 얘기 끝난 거 아니야? 별말 없어서 그대로 끝난 거라고 생각하고 있었는데."

"으응……. 이건 다른 프로젝트야."

"그거 명훈이가 쓰고 있잖아?"

수희가 한숨을 내쉬고는 말을 이었다.

“명훈이 요즘 무슨 일이 있었는지 엄청 열심히 해. 여전히 독단적이고 기획 팀 의견을 거의 수용하지 않는다는 게 문제지만, 어쨌든 콘텐츠는 계속해서 뽑아내고 있어.”

“좋은 현상이네.”

“문제는 기획 이사님하고 자꾸 부딪친다는 거야.”

“부딪친다고?”

“우리 이사님 성격도 명훈이 이상 드세거든. 실제로 똑똑하기도 하고 일도 잘하는 사람이야. 그 사람이 벌써 10번을 넘게 명훈이 시나리오에 퇴짜를 놨어. 재미가 없다고.”

술 한 모금을 들이마시고 수희가 말을 이었다.

“명훈이는 계속 자기가 무시당한다고 생각하는 것 같아. 이사님이 말도 직설적으로 하거든. 너무 재미없어요. 와, 진부해라. 이런 식으로. 명훈이 성격에 그걸 어떻게 견디겠어?”

“흐음, 마치 장면이 눈앞에 그려지는 것 같군.”

재건이 고개를 끄덕이며 중얼거리듯 답했다. 수희가 눈치를 살피며 조심스럽게 질문을 이었다.

“너만 괜찮다면 이사님께 네 이야기를 하고 싶은데……. 정말 이번 프로젝트는 커. 재건이 네 인지도도 작년보다 몰라보게 높아졌잖아. 계약도 결코 너에게 불리하지 않은…….”

“알았어.”

재건이 불시에 대답하며 수희의 말을 끊었다.

"네 요청이면 해야지. 마음대로 얘기하고 연락 줘."

"정말?"

"게임 시나리오 그대로 흐지부지돼서 아쉽기도 했어. 아직 글쟁이로서 성과를 내보지 못한 분야잖아. 그리고……."

재건이 수희의 잔에 술을 따르며 히죽 웃었다.

"돈 벌게 해주겠다는데 누가 마다하겠어?"

수희가 발그레한 얼굴로 웃으며 잔을 들어 건배했다.

BIG LIFE

두 눈을 떴을 때.

수희가 본 것은 재건의 원룸 천장이었다.

'왜 또……?!'

숙취 때문에 지끈거리는 머리로도 천장의 무늬를 단번에 기억해 낼 수 있었다. 뒷머리를 받친 베개와 코끝까지 올라온 이불에서도 낯설지 않은 향취가 배어 나오고 있었다.

'뭐야? 내, 내 옷은……?!'

수희는 몸을 덮은 이불을 살짝 들춰 보고는 안색이 한없이 창백해졌다. 재건의 헐렁한 티셔츠와 반바지를 입고 있는 것이 아닌가. 어제 신었던 스타킹까지 벗겨져 있었다.

'설마, 말도 안 돼……!'

최악의 상황이 수희의 눈앞에 그려지고 있었다.

스스로 옷을 벗었던 기억은 없다. 누군가가 갈아입혔다는 얘기가 된다. 그리고 이곳은 재건이 리카와 단둘이 살고 있는 원룸이다. 고양이가 앞발로 갈아입혀 줬을 리는 없다.

"으으음……!"

돌연 낮은 신음 소리가 수희의 귓가를 간질였다.

수희는 온몸에 닭살이 돋는 것을 느끼며 몸을 부들부들 떨었다. 그러고는 힘겹게 모로 돌려 신음을 흘린 대상을 확인했다.

'……?!'

수희가 두 눈을 한껏 치켜떴다.

침대 밑 원룸 바닥에 재건과 정진이 보였다.

서로의 배에 다리를 올리고서 볼썽사납게 뒤엉킨 채로 잠들어 있었다.

'아, 그러고 보니 어제……!'

비로소 기억의 실마리를 잡는 사이.

화장실에서 수돗물을 사용하는 소리가 울렸다.

이내 문이 열리는 소리가 들리자 수희는 일단 눈을 감고 자는 척했다. 한없이 지친 기색의 효진이 흐느적거리며 나오고 있었다.

"아, 머리 깨지는 거 같아."

효진이 수희의 옆으로 쓰러지듯 누웠다.

그녀는 괴로운 듯 인상을 찌푸리면서도 금세 잠에 빠져들었다.

'맞아, 넷이서 달리다가 재건이 집까지 왔었지.'

수희는 차분하게 기억을 더듬고 있었다.

재건과 둘이서 술을 마시던 도중, 동기들과의 2차를 끝낸 정진과 효진이 찾아와 가세했다. 넷이서 자정 무렵까지 신촌의 밤을 불태웠고 급기야 재건의 집으로 모여들었던 것이다.

'여기서도 엄청나게 마셨구나.'

바닥 곳곳에 술병과 잔, 그리고 안주들이 나뒹굴고 있었다.

재건의 집에 온 이후로는 금세 잠이 들었던 건지 기억이 거의 나지 않는 수희였다.

창밖으로 보이는 세상이 이미 환했다.

수희는 슬그머니 이불에서 빠져나와 흐트러진 방을 깨끗하게 청소했다. 그런 다음엔 마트에 다녀와서 아침 밥상도 준비했다.

그러는 동안에도 세 사람 중 그 누구 하나 깨지 않았다.

'이제 일어나기 전에 빨리 가야지.'

어제의 화장기가 그대로 남은 엉망진창의 얼굴을 재건에

게 보일 수는 없었다. 수희는 화장실에서 옷을 갈아입은 다음 곤히 잠든 효진을 깨웠다.

"효진아, 일어나. 아침인데 집에 안 가?"

"으응, 싫어. 더 자고 갈래. 어차피 낮에 정진이랑 영화 보기로 했고."

효진이 울상을 지으며 돌아누웠다.

수희는 재차 그녀의 어깨를 가볍게 흔들며 물었다.

"그리고 물어볼 거 있어. 내 옷 네가……."

"으음……!"

등 뒤에서 재건이 몸을 뒤틀며 침음을 흘렸다. 아무래도 슬슬 일어나려는 조짐이었다. 수희는 더 이상 지체하지 못하고 한발 먼저 원룸을 떠났다.

BIG LIFE

남은 세 사람은 정오가 다 되어서야 일어나 늦은 아침식사를 했다. 둘러앉은 밥상에는 수희가 만들어 놓은 계란찜, 콩나물무침, 북엇국 등등이 맛깔스럽게 올라와 있었다.

"졸라 맛있다. 수희는 못하는 게 뭐냐."

"졸라가 뭐야, 박정진. 나이 찼으면 말 좀 곱게 써라?"

"죄송합니다, 천 여사님. 매우 맛있습니다."

정진은 밥을 두 그릇이나 말끔히 비웠다.

일어나자마자 토할 것 같다고 하소연을 하던 모습은 온데간데없었다.

"놔둬, 효진아. 설거지는 내가 해야지."

"역시 하재건. 매너 짱이야."

재건은 빠르게 설거지를 끝내고 리카의 빈 식판에 사료를 채워주었다.

그때, 방구석 책장을 기웃거리고 있던 효진이 중얼거렸다.

"재건이 안경도 써?"

"어?"

"이거 네 거 아냐? 되게 오래된 거 같다?"

효진이 서건우의 뿔테 안경을 내밀어 보이며 묻고 있었다.

"……!"

재건은 가슴이 철렁 내려앉았다. 동창회에 나가기 전 책을 읽다가 서랍에 넣는 걸 깜박했었다.

"나도 대학 때까진 안경 썼잖아. 앗, 사이즈 나한테도 딱 맞는다."

"효진아……!"

미처 말릴 틈조차 없이 효진이 제 얼굴에 안경을 썼다.

뜨악해서 다가서는 재건 앞에서 그녀는 이미 책을 한 권 펼쳐 들고 있었다.

"이거 도수 없는 거야?"

건성으로 책을 넘기며 효진이 물었다.

재건은 대답도 못하고 멍하니 섰다. 타인이 서건우의 안경을 쓴 경우는 지금껏 한 번도 없었다.

"이 책 나 좀 빌려주라. 가져가서 읽게."

"저기, 효진아."

"안 돼?"

"아니, 책은 빌려줄 수 있는데 그, 아무 느낌 없어?"

"뭐가?"

효진이 안경 쓴 얼굴로 이상하다는 듯이 쳐다보았다.

재건은 어떻게 말을 꺼낼지 잠시 궁리한 끝에 다시 물었다.

"도수가 조금 있는 안경이거든. 근데 아무렇지 않았냐고."

"그래? 없는 거 같은데? 나 수술해서 시력 1.0이잖아."

효진이 책을 다시 들여다보며 대답했다. 그러고는 아무렇지 않은 듯 안경을 벗어 제자리에 두고 책을 자신의 가방에 챙기는 것이었다.

'……?'

재건은 책장 앞에 우두커니 서서 생각에 잠겼다.

안경을 쓴 효진이 난데없이 생겨난 속독 능력에 경악할 거라고 예상했다. 하지만 아무런 일도 일어나지 않았다.

재건은 안경을 직접 쓰고 책을 읽어 보았다.

효력이 없어진 것은 아니었다. 안경에 담긴 놀라운 속독 능력은 여지없이 발휘되고 있었다.

'혹시……?'

결심이 선 재건은 자물쇠로 서랍을 열고 서건우의 머그컵을 꺼냈다. 실험 대상은 여전히 철판 위의 산낙지처럼 바닥에서 골골거리고 있는 정진이었다.

"정진아, 커피 한잔해라."

재건이 머그컵에 커피를 한 잔 타서 권했다.

정진은 보자마자 손사래를 치며 거부했다.

"뜨거운 거 마시기 싫어, 지금."

"한 번 마셔봐. 이거 스위스제야."

"스위스제는 얼어 죽을, 인스턴트 타는 거 내가 봤는데?"

"재건아, 나 줘. 내가 마실래."

정진 대신 효진이 머그컵을 받아 커피를 마셨다.

그녀가 책을 읽으며 한 잔의 커피를 마시는 동안 재건은 몰래 모습을 관찰했다.

특별한 기미는 느껴지지 않았다.

"효진아, 몸은 좀 어때?"

다 마시고 난 머그컵을 치우면서 재건이 물었다.

효진은 별 이상한 질문을 한다는 듯 고개를 갸웃거리면서도 대답했다.

"어떻긴, 뭐 그냥 힘든데? 삭신이 다 쑤신다, 야."

"그렇구나……."

"재건이 너 좀 이상하다? 술 덜 깬 거 아냐?"

"그런지도 모르지……."

잠시 대화를 나누며 휴식한 뒤 정진과 효진은 함께 원룸을 나섰다.

리카와 단둘이 남게 된 재건은 서건우의 머그컵으로 커피를 한 잔 타 마셨다. 한 모금을 마시자마자 기별이 왔다. 간밤의 피로가 빠르게 달아나면서 기력이 회복되고 있었다.

"이건……."

리카와 시선을 마주한 채로 재건은 웃었다.

"나만 쓸 수 있는 거였어."

야옹?

"선배님의 물건들은 나만 쓸 수 있는 거였다고."

서건우라는 위대한 작가에게 인정받은 단 한 사람이 된 듯한 뿌듯함이었다.

리카 말고는 누구에게도 자랑할 수 없는 일이지만 어찌 됐든 재건은 기분이 몹시 좋아졌다.

"그렇다면 이것도 슬슬 기능을 알아내야 할 텐데 말이지."

그렇게 중얼거리며 서랍에서 꺼내 든 것은 만년필이었다.

노트북, 머그컵, 뿔테 안경의 기능은 모두 알아냈다. 더불어 인생의 동반자가 된 리카의 힘도 파악했다. 이 만년필만 아직까지 해답이 나오지 않은 상태였다.

'자꾸 써먹는 버릇을 들여야지.'

재건은 만년필을 책상 위의 연필꽂이에 넣어두었다. 눈에 보이는 곳에 두면 사용하는 비중이 늘어날 것이다.

"좋아, 그럼 기력도 완전히 회복한 김에 바로 달린다."

재건이 스스로를 고무하며 노트북을 열고 전원을 켰다.

수희를 통한 넥션의 게임 시나리오 일은 빠른 시일 내에 결정이 되진 않을 것이다.

지금 신경을 써야 할 글은 래프북스와 계약한 '오스카의 던전' 하나뿐이다.

전개가 막혀서 고민이긴 하지만, 어쨌든 써야 할 글이 하나라고 생각하니 마음이 조금은 편해졌다.

두 손을 키보드 위로 올리려는 순간.

핸드폰으로 수희의 메시지가 날아들었다.

-아침에 급한 일이 생겨서 인사도 못 하고 갔어. 밥 먹었어?

-제대로 맛있게 먹었어. 너희 집 갔을 때도 느꼈지만 진짜 요리 솜씨 좋다.

재건의 말 뒤로 이어지는 수희의 답장은 다소 시간이 걸렸다.

-먹고 싶은 거 있으면 해줄 테니까 말해. 잘 먹어야 더 좋은 글 나오지. 오늘은 주말인데 뭐 할 거야?

-글 쓰려고 이제 막 앉았어.

-그렇구나……. 주말에도 고생하네. 무리하지 말고 힘내.

-고맙다. 너도 쉬어.

수희에게 답장을 보내고 난 재건은 두 눈에 불을 지폈다.

이글거리는 시선이 모니터 화면으로 꽂혔다.

6권 도입부에서 멈춰 버린 '오스카의 던전' 원고였다.

'어디 한 번 뚫어보자. 단어 무시, 문장 무시……! 그리고 개연성까지 일단은 죄다 무시!'

타다닥! 타다다닥!

탁! 타닥!

열 손가락에서 불꽃이 탁탁 튀는 듯했다.

서건우의 노트북이 시간당 1만 자 이상의 글 덩어리를 쏟아내기 시작했다.

재건은 모니터를 잡아먹을 듯이 노려보며 마구잡이로 글을 써나갔다. 풀리지 않는 글을 향한 분노로 열 손가락은 한

시도 멈추지 않았다. 이런 기세로 쓰다 보면 어느 순간 뮤즈가 찾아오리라는 간절한 희망의 발로였다.

시간이 흘러 저녁이 되었다.

재건은 식사를 하는 것마저 잊고 글에만 몰입했다. 집필할 땐 어지간해서는 방해하지 않는 리카가 책상 위로 올라왔다. 리카의 울음소리를 듣고 나서야 재건은 손가락을 멈출 수 있었다.

"망했어, 리카!"

재건이 잔뜩 일그러진 얼굴로 리카를 쳐다보며 말했다.

"전개가 안 풀려……. 8만 자를 썼는데 이건 소설이 아니라 그냥 글자 혼합물이라고. 오스카와 길드장의 문제를 해결하지 못한 상태에서 쓰니까 이후 전개가 뭘 써도 재미가 없어."

리카가 다가와 위로하듯 재건의 가슴을 앞발로 꾹꾹 눌렀다. 재건이 별 반응이 없자 까칠까칠한 혀로 뺨을 한 번 핥고는 처연한 울음소리를 냈다.

"그래, 역시 이건 절박함이 부족해진 거야."

한참 동안 고개를 숙이고 있던 재건이 이윽고 중얼거렸다.

"깊이 고민하는 노력은 줄어들고 초조함만 키웠어. 문제는 나한테 있는 거야. 올챙이 시절을 잊은 거야. 초심을 잃어가고 있는 거라고."

"야옹?"

혼자 결론을 내린 재건은 노트북 전원을 끄고 일어섰다.

산책으로 기분 전환을 하면서 차분하게 전개를 구상해 볼 요량이었다.

옷을 갈아입은 재건은 외출용 노트북을 백팩에 챙겼다.

그러나 자리에서 일어섰을 때, 그는 상 위의 낡은 메모장을 발견하고 우두커니 섰다.

'…….'

문득 생각이 들었다. 항시 지니고 다녔을 만큼 절친했던 메모장과 멀어지게 된 것은 언제부터일까 하고.

사방을 돌아다니면서 보고 듣고 느낀 것을 꼼꼼히 기록하곤 했던 스스로의 모습이 까마득했다.

툭!

재건은 노트북 담긴 무거운 백팩을 바닥에 내려놓았다. 그의 손은 메모장과 함께 눈에 잘 띄도록 꺼내놓은 서건우의 만년필을 챙겼다.

무거운 짐 하나 없이 그는 홀가분하게 원룸을 나섰다.

34장
딜 성립이에요

집에서 나온 재건은 서점을 한동안 누빈 끝에 아담한 카페로 들어섰다.

"감사합니다."

재건은 주문한 커피를 받아 들고 카페 내측 구석진 자리에 몸을 앉혔다.

눈에 보여서 들어온 곳이 아닌 일부러 찾은 카페였다. 지금까지 풍천유의 이름으로 낸 장르 소설들 중 가장 크게 흥행한 '더 브레스'를 이 카페 이 자리에서 구상했다.

'분명히 이 만년필에도 뭔가 힘이 있을 텐데.'

재건은 만년필을 손가락 사이에 쥐고 메모장을 펼쳤다.

텅 빈 머리는 아무런 생각도 하지 못했다.

움직이는 펜 끝은 무의식적으로 글줄을 끼적이고 있었다. 걸 그룹 애플티의 노래 가사였다.

'이를테면…… 인물이나 사건, 그리고 배경 따위를 하나하나 적어가다 보면 전개가 팍 하고 풀린다거나?'

재건은 환상적인 기대를 품고 주인공 오스카와 길드장을 비롯한 인물들의 이름을 하나씩 적어 나갔다.

그러나 마법은 발생하지 않았다.

만년필은 이미 성능을 시험해 본 전력이 있기에 크게 맥이 빠지지는 않았다.

'아, 진짜…… 오스카랑 길드장의 갈등을 어떻게 해결하지?'

잊었던 전개를 떠올리며 재건은 머리에 떠오른 고민을 메모장에 옮겨 나갔다.

드래곤의 아티팩트를 얻고 강력해진 오스카, 그런 오스카를 시기하는 길드장, 그리고 두 사람은…….

'어?! 이거다!'

청아한 종소리가 구원처럼 양쪽 귓가에 울리는 듯했다.

'길드장은 드래곤에 의해 부모님을 잃은 과거가 있지! 그러니까 더더욱 오스카를 미워하는 거고! 애초에 길드장이 힘을 키우려는 건 제국의 드래곤을 없애기 위해서잖아! 그렇다면……!'

기진맥진했던 재건의 손에 날개가 달렸다. 만년필이 빠른 속도로 움직이면서 메모장 가득히 글줄을 채워갔다. 전개를 막아섰던 철벽이 무너져 내리고 있었다.

'그래, 이거야! 계속 고민하면 어느 순간 풀린다고!'

재건은 아랫배가 찌르르 울리는 희열마저 느끼며 구상에 빠져들었다. 사용자의 깊은 고민이 오롯이 수반된 만년필은 자신의 힘을 유감없이 발휘하고 있었다.

그날 밤.

재건은 가게 문을 닫는 사장과 함께 카페를 나왔다.

BIG LIFE

오전 7시.

태원은 알람도 없이 시간에 맞춰 눈을 떴다.

옆에서 곤히 자고 있던 동미가 부스럭거리는 기척을 느끼고 눈을 떴다.

"벌써 일어나려구? 어제 늦게까지 일했잖아. 더 자."

"난 잘 만큼 잤어. 무리한 건 당신이지."

"아침은 어쩌려고?"

"알아서 먹을게. 더 자다가 나와."

태원이 동미의 이마를 부드럽게 쓰다듬었다. 동미는 행복한 미소를 지어 보이고는 다시 두 눈을 내리감았다.

방에서 나온 태원은 커피와 토스트로 간단하게 아침을 먹었다. 스타북스를 그만두면서 이따금 피우기 시작한 담배의 유혹이 강렬하게 밀려왔지만, 은단을 씹으며 한사코 참아냈다.

'질펀한 룸메이트는 순항하고 있고……. 장 작가님은 확실히 19금 장르에 특화야. 조만간 성인 웹툰 스토리 한번 말씀드려 봐야겠는데.'

태원은 즉시 작업용 컴퓨터 앞에 앉아 일을 시작했다.

어느덧 래프북스와 계약한 작가의 수도 20명이 넘었다. 아직 눈에 띄게 좋은 성적을 낸 작가는 없지만 어쨌든 래프북스는 점차 안정권으로 접어들고 있었다. 무엇보다 하재건이라는 괴물 작가가 있어줘서 안심이었다.

태원의 하루는 숨 가쁘게 흘러갔다. 작가를 발굴하기 위해 연재 사이트의 수많은 소설을 탐독하고, 좋은 작품이 있으면 연락하고, 계약하러 나가고, 작가의 원고를 읽고, 일일이 의견을 주고, 표지 외주하고, 온갖 업체를 상대로 영업을 하다 보면 어느새 하루해가 저물어 가는 것이다.

그나마 최근엔 숨통이 트였다. 소미를 포함한 2명의 직원이 편집 업무를 도맡아주고 있으니까.

예전에는 아내 동미와 태원 둘이서 전부 해치웠던 일이다. 지금 돌이켜 보니 미친 짓이라는 생각이 들면서 웃음마저 나오는 태원이었다.

'으음? 오스카의 던전 6권?'

메일함에 접속해 보니 재건으로부터 원고가 와 있었다.

태원은 파일을 클릭해 원고를 꼼꼼하게 읽기 시작했다.

완벽하게 교정을 끝마친 상태였다. 출판용 조판으로 편집만 끝내면 바로 인쇄소로 넘겨도 될 만한 수준이었다.

'소미 씨가 괜히 칭찬했던 게 아니네.'

태원은 웃으면서 재미있게 6권 원고를 전부 읽었다.

몇 군데의 전개가 약간 마음에 걸려서 표식을 해둔 다음 그는 워드 프로그램을 껐다.

드르륵!

책상 위의 핸드폰이 울리며 전화가 걸려왔다. 모르는 번호였지만 태원은 언제나 그렇듯이 래프북스 대표로서 무조건 전화를 받았다.

"네, 래프북스 권태원입니다."

–안녕하세요, 저는 게임 개발사 조이엠 경영 지원 팀에 근무하는 서혜란이라고 합니다.

"조이엠이요?"

게임을 하지 않는 태원도 익히 아는 이름이었다.

다양한 온라인 게임을 개발하고 시장에 성공적으로 안착시킨 회사다. 개중 몇몇 게임은 일본과 중국 등지로까지 수출되어 꽤나 인기 몰이를 하고 있었다.

"조이엠에서 무슨 일로 연락을……?"

–하재건 작가님 관련해서 연락을 드렸습니다. 사실 이번에 저희가 직원 전체를 상대로 창의적인 콘텐츠 주제의 강연을 기획하고 있어요.

"아아, 네. 창의적인 콘텐츠요……."

태원은 한 손으로 펜을 쥐고 메모를 시작하고 있었다.

–저희 측에서 내부 회의를 거친 끝에 후보 목록을 작성했습니다. 그리고 하재건 작가님께 먼저 강연을 부탁드리는 쪽으로 결론이 나왔습니다. 일시는 7월 말에서 8월 초 사이가 될 것 같습니다. 장소는 수도권이라는 것 외에는 아직 미정입니다.

태원의 생각은 벌써부터 긍정적일 수밖에 없었다.

조이엠 전 직원을 대상으로 콘텐츠 강연이라니.

지금까지 들어왔던 요청들 중 단연 최상급이다.

수락하면 재건의 경력과 그의 작품 홍보에도 적지 않은 영향을 끼치리라.

강연료는 얼마가 됐든 문제가 아니었다.

"알겠습니다. 제가 하재건 작가님과 말씀을 나눠보고 최대한 빨리 연락을 드리겠습니다. 이 번호로 드리면 될까요?"

—네, 제 핸드폰 번호도 문자로 넣어 드리겠습니다. 언제든지 연락 주셔도 괜찮습니다. 그리고 미팅을 하게 되면 당장 내일이라도 좋습니다.

"네, 알겠습니다. 연락드리겠습니다."

—좋은 하루 되십시오.

전화를 끊은 태원은 시계를 보았다.

이제 고작 오전 9시였다. 원고를 보낸 시각과 견주어 보면 재건은 아직 꿈나라에 빠져 있을 때였다.

그는 전화를 미루고 '오스카의 던전' 6권 원고 편집 작업부터 착수했다.

BIG LIFE

쾅쾅쾅!

문을 거칠게 두들기는 소리가 울렸다. 밤새 글을 쓰고 깊은 잠에 빠져 있던 재건은 한참이 지나서야 기척을 느끼고 두 눈을 게슴츠레 떴다.

'아, 누구야?'

불시에 잠에서 깬 재건은 짜증이 치밀었다. 누군가의 갑작스런 방문도 짜증 났고, 초인종이 뻔히 달려 있는데 부서져라 문을 두들기는 행동도 짜증났다.

그는 이불을 세차게 걷어내고 몸을 일으켰다.

"그만 좀 두들기세요. 누구세요."

"니 애비다."

"네?"

"니 애비라고!"

재건은 찬물을 뒤집어쓴 사람처럼 기겁해서 냅다 문을 열어주었다.

정말로 눈앞에 아버지 석재가 서 있었다. 한 손에는 분홍색 보자기로 싼 김치통을 들고 있었다.

"아니, 아버지. 갑자기 연락도 없이 웬일이세요?"

재건이 황망히 김치통을 받아 들고 옆으로 비켜섰다.

놀랄 수밖에 없었다. 석재가 방문한 것은 이번이 처음이었다.

"이게 사람 사는 방이냐?"

마뜩찮은 표정으로 들어선 석재가 원룸 내부를 돌아보며 혀를 끌끌 찼다.

"설거지 쌓인 게 천장에 가 닿겠다. 창틀에 저 새하얗게 쌓인 건 뭐냐? 눈이냐?"

"그게 분명히, 엊그제 청소했는데……."

재건이 궁색한 변명을 흘리며 뒷머리를 긁적였다.

그는 석재에게 의자를 밀어 권하고는 말을 이었다.

"전화라도 주시지 그러셨어요."

"5번 했어. 초인종도 10번은 넘도록 눌렀다."

핸드폰을 보니 과연 석재의 부재중 전화가 5통이나 와 있었다.

얼마나 곤히 잠들었던 걸까.

서건우의 머그컵은 재사용까지 시간이 필요해서 사용하지 못하고 그냥 쓰러져 버렸던 것이다.

"네 엄마가 그거, 먹을 만치만 덜고 나머지는 꽉 닫으래. 우거지 잘 덮고 랩도 씌우고."

"알아요. 커피 한 잔 드실래요?"

"일없다. 냉수나 한 잔 줘라."

석재는 냉수를 마시며 방구석에 놓인 밥상을 내려다보았다.

밥상 위에는 라면 국물이 남은 냄비와 단무지, 그리고 치우지 않은 수저가 어지러이 놓여 있었다.

"라면 먹지 말고 밥 먹어, 인마."

"네."

"대답만 네네 하지 말고."

석재가 재건 쪽으로 의자를 빙글 돌려 앉고는 목소리를 높였다.

"야, 내가 이 나이에 네 엄마한테 혼찌검 나면서 서울까지 올라와야겠냐? 밖에 나와서 혼자 살 거면 알아서 좀 챙겨 먹어. 챙겨 먹기 힘들면 집으로 내려오고."

"명심할게요."

"명심은 무슨……."

툴툴거리는 석재를 보며 재건은 희미하게 웃었다.

어머니의 성화 때문에 오셨을 리가 없었다. 아들이 걱정돼서 스스로의 의지로 왔으면서 에둘러 말씀하시는 아버지를 보니 웃음이 나지 않을 수 없는 아들이었다.

"뭘 혼자 실실거려?"

"아니요, 그냥 어제 본 웃긴 프로가 생각나서요."

"실없는 놈, 에이."

석재가 냉수를 단숨에 들이켜고는 약간 누그러진 목소리로 말을 이었다.

"너, 전에 글 쓰느라 봤던 내 친구 상욱이 기억하지?"

재건은 석재가 왜 갑자기 이런 얘길 꺼내나 싶어 의아스러우면서도 고개를 끄덕였다.

"그럼요. 기억하고 있죠."

"상욱이 제자 한 다리 건너서 아주 야무진 아가씨가 있다더라. 나이는 너보다 2살 어리고 초등학교 선생님이래. 한번 만나 볼 생각 없냐?"

재건의 표정이 즉시 얼어붙었다.

"지금 저더러 선을 보라고 하시는 말씀이세요?"

"강요하는 거 아니니까 표정 굳힐 것 없다. 생각 있으면 한번 만나 보라는 얘기지."

"……."

"네 의견이 중요한 거니 내가 먼저 다시 말하는 일은 없을 거다. 이런 소리 듣기 싫으면 신경 안 쓰이게 좀 챙기면서 살고."

"네, 아버지."

"알아들었으면 난 이만 간다."

석재가 컵을 내려놓고 자리에서 일어섰다.

성큼성큼 현관으로 향하는 그의 등 뒤를 재건이 뒤쫓았다.

"식사하셔야죠. 바로 가시려고요?"

"네 엄마가 차려주는 맛있는 밥 놔두고 왜 너랑 먹냐."

석재가 차에 올라 시동을 걸었다. 직장을 그만두고 아는 친구로부터 중고로 저렴하게 구입한 차였다.

"밥 챙겨 먹어."

"네, 아버지. 조심히 들어가세요."

석재가 떠나고 나서 재건은 한참이나 리카를 쓰다듬으며 상념에 잠겼다.

'선 보라는 소리가 들려올 나이가 됐구나.'

또 실없는 웃음이 났다.

작년과 같은 상황이 지속되고 있었다면 아버지도 이런 이야기를 가져오지는 못했으리라.

'또 이런 말씀하시지 않게 하려면 사람답게 살아야겠군.'

재건은 옷소매를 걷어붙이고 난장판이 된 방을 청소했다. 초여름으로 들어서는 길목이라 금세 땀이 났다. 에어컨을 틀긴 아직 이른 시기일까 하고 고민하는 사이, 핸드폰이 울리며 태원으로부터 전화가 걸려왔다.

"네, 대표님."

―안녕하세요, 하 작가님. 오스카의 던전 원고 잘 봤어요. 아주 재미있었어요.

"감사합니다. 다행이네요."

―소미 씨가 지금 3권 일러스트 작업 중이거든요. 안전하게 4권까지 끝났을 때 출간하는 걸로 할게요.

"네, 그렇게 해주세요."

―그리고 드릴 말씀이 하나 더 있어요. 오늘 게임 회사 조이엠에서 강연 요청이 왔어요.

태원이 일목요연하게 설명을 이었다.

재건은 묵묵히 듣고 난 끝에 고개를 끄덕이며 대답했다.

"알겠습니다. 대표님께서 그렇게까지 말씀하실 정도면 해야죠."

–그럼 미팅을 언제로 잡을까요? 그쪽에선 당장 내일이라도 괜찮다고 하는 것 같아요.

"저도 상관없습니다."

–알겠습니다. 그럼 내일로 잡고 다시 말씀드릴게요. 아, 스무 살의 여름 영화는 특별한 소식 없나요?

"3~4주 뒤에 제작자들끼리 시사회를 가질 수 있을 거라고 연락받았어요. 저도 그때 참가해서 영화 보려고요."

–요즘 영화 참 빨리 찍어요. 하하하, 그럼 일단 알겠습니다. 식사하세요, 작가님.

"네, 대표님도요."

전화를 끊고 난 재건은 하던 청소를 마무리하고 점심을 먹었다. 귀찮아서 라면을 먹고 싶었지만 다녀간 석재를 떠올리고 밥을 지어 먹었다.

설거지를 끝내고 '오스카의 던전' 7권을 구상하려고 자리에 앉았을 때, 수희의 메시지가 날아들었다.

–재건아, 내일 나 외근인데 저녁 같이 먹을래?

마침 조이엠 직원과의 미팅이 내일 낮 4시로 잡혔다는 태원의 연락도 받은 참이었다.

재건은 즉시 답장을 보냈다.

-그래, 나도 내일 나갈 일 있는데 잘됐다. 저녁에 보자.

-알았어. 연락할게.

핸드폰을 내려놓은 재건의 손가락은 노트북이 아닌 만년필로 향했다. 이제 이 만년필의 기능이 어떤 것인지는 막연하게나마 깨달은 참이었다.

깊어지는 고민만큼 양질의 이야깃거리가 줄줄이 쏟아져 나오고 있었다.

BIG LIFE

태원은 자신이 침을 삼키는 소리를 똑똑히 들을 수 있었다. 눈앞에는 게임 회사의 여직원 두 사람이 나란히 앉아 있었다. 그중 한 여자가 기가 막히도록 아름다워서 자기도 모르게 긴장하고 만 태원이었다.

'무슨 게임 회사에서 모델을 직원으로 뽑나?'

태원은 스스로 눈이 높다고 자부하는 편이었다.

TV에서 흔히 볼 수 있는 성형 미인이 아니었다.

이지적이면서도 상큼한 미모.

살짝 치켜뜬 신중한 두 눈빛, 더불어 가볍게 다문 도톰한 입술은 한순간도 교양을 잃지 않고 있었다.

'근데 어디서 봤던 것도 같은데.'

한동안 상대를 바라보니 어쩐지 낯익은 기분마저 들었다.

좀처럼 기억을 떠올리지 못하는 태원에게 눈앞의 그녀가 말했다.

"조이엠이 저희 쪽 자회사이기도 해서 동행했습니다. 통합 기획된 것이라서 저희 직원들도 강연 대상에 포함되었어요."

"네, 네…… 그렇습니까."

태원이 타는 목으로 물을 넘기고는 대답했다.

약속 시간까지는 앞으로 3분.

아직 오지 않은 사람을 기다리며 돌아본 순간, 재건이 출입문을 열고 카페로 들어서고 있었다.

"죄송합니다. 차가 막혀서 좀 늦었……?!"

재건이 테이블 앞에 우뚝 서서 얼어붙었다. 이 자리에서 만나게 될 거라고는 전혀 예상치 못했던 여자가 환한 미소로 자리에서 일어서고 있었다.

"어떻게 된 거야?"

재건은 멍청하게 서서 물을 수밖에 없었다.

그의 눈앞에서 한쪽으로 고개를 기울이며 귀엽게 웃는 여자는 수희였다.

"……서로 아시는 사이세요?"

태원이 얼떨떨하게 번갈아 보며 물었다. 재건은 수희에 멍한 시선을 꽂은 채로 고개를 끄덕이고 있었다.

"저랑 대학 동기예요. 넥션 기획 팀의 팀장이기도 하고요. 아……!"

재건이 짧은 탄성을 토해내며 태원을 돌아보았다.

"권 대표님도 이미 보신 적 있을 텐데요? 저 현대청년문학상 시상식 때요."

"아! 그랬던가요?"

태원이 제 이마에 손을 얹으며 놀란 표정으로 기억을 되짚었다. 그러고 보니 언뜻 스쳐 가듯이 봤던 것 같기도 했다.

당시 래프북스 관련 업무로 통화를 줄기차게 하느라 주변을 제대로 돌아볼 여념이 없었다.

"어쩐지 팀장님이 낯이 익다 싶었습니다. 아마 시상식장에서 뵈었을지도 모르겠네요."

"섭섭하네요. 저는 권 대표님 기억하고 있었거든요."

"이거 정말 죄송합니다. 제가 보시다시피 안경을 쓰는 이유가 시력이 상당히 나빠서……!"

수희가 웃으며 손사래를 쳤다.

"농담이니까 흘려들어 주세요. 앉으세요, 하재건 작가님."

"어, 아니, 네."

재건도 덩달아 높임말로 답하며 태원의 옆에 의자를 빼고 앉았다.

수희를 시작으로 정식으로 통성명이 시작되었다.

"대표님께는 인사를 드렸지만 다시 한 번 하겠습니다. 저는 넥션 모바일 기획 팀 팀장을 맡고 있는 이수희입니다."

"저는 이번 강연의 총책임을 맡은 조이엠 경영 지원 팀 서혜란 과장입니다."

"저는 래프북스 대표이자 하재건 작가님의 매니저를 겸한 권태원이라고 합니다."

"저는…… 작가 하재건입니다."

모두의 얼굴에 웃음꽃이 피었다. 분위기는 재건이 등장한 시점부터 부드럽게 풀어졌다.

수희와 혜란을 필두로 회의는 수월하게 진행되었다. 재건이 되물을 부분도 거의 없었다. 이야기는 일사천리로 끝을 맺고 계약서에는 재건의 사인까지 새겨졌다.

계약서를 혜란에게 넘겨주며 수희가 말했다.

"창의적인 콘텐츠라는 주제에 너무 부담 가질 필요는 없어. 적당히 네 경험을 곁들여주면 돼. 소설을 구상하는 방식이라든가 습관 같은 것들도."

"그래, 시간이 넉넉해서 다행이다. 생각해 볼게."

"생각할 시간 충분히 주려고 얘기를 서둘러 꺼낸 거야. 아무튼 네가 스스로 가볍게 여겼던 모든 것이 강연을 듣는 사람들에게는 큰 힘이 될지도 몰라. 그러니까 부탁해."

수희가 말을 마치고 정적이 흘렀다. 재건만 바라보며 얘기했던 그녀는 뒤늦게 태원과 혜란의 존재를 인식하고 살짝 얼굴을 붉혔다. 동기로서 둘만의 자리가 아닌 것이다.

"아니, 부, 부탁드려요. 하 작가님."

재건은 터져 나오려는 웃음을 힘겹게 참으며 고개를 끄덕였다.

저렇게까지 프로 의식이 투철할 필요까지야.

수희는 민망한 기분을 억제할 시간이 필요한지 실례하겠다는 말과 함께 화장실로 사라졌다.

"이 팀장님이 든든한 우군이셔서 좋으시겠어요, 하 작가님."

수희가 사라진 사이에 혜란이 슬그머니 말을 걸어왔다. 재건이 의미를 파악하지 못하고 두 눈만 깜박이자 그녀는 말을 이었다.

"이 팀장님이 적극적으로 추천하셨던 것 같아요. 본진은 물론이고 조이엠 이사진에도요."

"그래요?"

"네, 이거 보실래요?"

혜란이 자신의 태블릿 PC를 꺼내 프레젠테이션 파일을 하나 열었다.

화면을 본 재건은 깜짝 놀랐다.

자신의 작가 활동을 낱낱이 다룬 파일이었다.

프로필을 시작으로 지금까지 출간한 작품들과 간략한 줄거리, 판매량을 비롯한 시장 반응, 웹툰과 영화에 이르는 2차 창작 작품, 나아가 출연 방송에 이르기까지 전 분야에 걸쳐 상세하게 정리되어 있었다.

"이걸 수희가, 아니, 이 팀장님이 만들었다는 건가요?"

"네, 혼자서요. 엄청 깔끔하고 설득력도 좋아요. PPT의 파워란 게 이런 거죠. 이 팀장님 정말 능력 좋으세요."

15쪽이 넘어가는 방대한 분량의 파일을 넘기면서 재건은 감동했다. 회사 업무만으로도 정신없이 바쁠 텐데 짬을 내서 이렇게까지 챙겨줬다니.

"이거 저 메일로 좀 보내주실 수 없을까요?"

수희가 오기 전에 재빨리 확인을 끝낸 재건이 물었다. 기념으로 간직하고 싶어서였다.

"메일로요?"

"회사 업무와 관련된 부분들만 빼고 저에 대한 내용만 주시면 감사하겠습니다. 어려울까요?"

혜란이 눈을 살짝 흘기며 짐짓 짓궂게 웃었다.

"원래 내부용 문서는 외부로 유출되면 안 되는데……."

"추후 조이엠 경영 지원 팀의 서혜란 과장님이 기획할 일정에서 저를 필요로 한다면 저는 기꺼이 나가겠습니다."

"어머나, 딜 성립이에요."

혜란이 씩 웃으며 손바닥을 들어 보였다.

그녀의 등 뒤 너머에서 수희가 이쪽으로 걸어오고 있었다.

재건과 혜란은 금세 평소의 태연한 표정으로 되돌아왔다. 수희는 자신이 자리를 비운 사이에 오간 뒷거래의 낌새를 깨닫지 못했다.

"그럼 저는 회사로 돌아가야 하니 먼저 일어나겠습니다."

"저도 작가 사무실에 들러봐야 해서 여기서 일어날게요."

혜란과 태원이 자리를 떠나고 재건과 수희 둘만 남았다.

재건은 얼음이 다 녹아서 양이 도로 늘어난 커피 잔을 매만지며 넌지시 말했다.

"고맙다."

"응? 뭐가?"

"이것저것 잘 챙겨줘서."

수희가 일순 표정을 굳혔다. 그녀는 재건이 알아보기 전에 고개를 모로 돌리고는 픕 하는 웃음을 작게 터뜨렸다.

"나 좋으라고 하는 일이야. 잘난 작가 동기 이용해서 회사에서 위신 좀 세워보겠다는 건데 고맙기는? 하재건 작가가 성가신 강연에 끌려가 고통받는 걸로 이수희 팀장은 또 한 건 하는 거예요."

"어휴, 말 들어보니까 고마울 게 아니라 악녀네."

"맞아, 나 악녀야. 후훗."

수희가 제 양 뺨을 손으로 가리고 기쁜 듯이 웃었다. 실제로 일이 잘되어서 기뻤다. 덮어놓고 재기용을 추천하는 것이 아닌, 강연자로 재건을 내세운 것은 나름대로 생각이 있어서였다.

'자연스럽게 재건이의 존재를 인식시켜 줘야지. 특히 자기 외엔 잘난 사람이 하나도 없는 줄 아는 기획 이사님에게.'

카페에서 흘러나오는 음악이 끝이 났다.

아르바이트생이 컴퓨터를 조작해 뮤직 플레이어를 다시 재생시키고 있었다. 그쪽을 멀거니 바라보며 재건이 제안했다.

"지금부터 저녁 먹을까?"

"아직 5시도 안 됐는데, 조금 이르지 않아?"

재건이 양 손바닥을 비비며 고개를 끄덕이고는 재차 물었다.

"네가 정해. 영화 보고 나서 밥 먹어도 되고. 아니면 밥을 간단히 먹고 나서 2차로 술 한잔해도 되고."

"강연료 톡톡히 받게 됐다고 쏘려는 거야? 나 제대로 벗겨 먹을 거다?"

"좋으실 대로. 그럼 여긴 일단 나가자."

재건과 수희가 나란히 카페를 나섰다. 약하지 않은 바람이 온기를 머금고 있었다. 카디건을 벗어 팔에 거는 수희에게 재건이 지나가듯 물었다.

"이제 발에 맞는 거야?"

"어? 아아……."

수희가 미간을 좁히고 웃으며 시선을 자신의 발등으로 떨어뜨렸다. 오늘은 재건이 일본에서 사줬던 플랫슈즈를 신고 있었다.

"뜬금없어. 가."

수희가 괜히 재건의 어깨를 찰싹 때렸다.

천천히 걸어가는 두 사람의 머리 위에서 노을이 지고 있었다.

35장
모르는 건 배운다

굵직한 빗줄기가 쏟아지는 나날이 계속되고 있었다. 습도는 잔뜩 높고 날씨는 후덥지근하기만 했다.

재건은 오늘도 쾌적한 도서관 종합 자료실에서 독서에 열중하고 있었다.

강연을 위한 콘텐츠 관련 참고 서적들을 매의 눈으로 낱낱이 파헤치는 중이었다. 몰랐던 부분들을 하나하나 배우면서 그는 오늘도 일취월장을 멈추지 않고 있었다.

"주사님, 저 이상한 사람 또 왔어요."

아르바이트생이 반납된 책들을 입력하며 눈짓으로 서가 한쪽을 가리켰다.

말을 들은 사서 공무원 이미주의 시선이 그리로 향했다.

뿔테 안경을 쓰고 빠르게 책을 넘기고 있는 재건의 모습이 보였다.

"오늘은 비소설이 표적인가요? 전에는 장르 소설만 엄청 보더니? 언제부터 와 있었어요?"

"아침에 문 열자마자요. 그사이에 벌써 한 30권은 읽었을 걸요? 제대로 읽었을지는 의문이지만."

"흐음……?"

미주가 또 고개를 갸웃거렸다. 예전에도 낯이 익다는 느낌이었는데 오늘은 그 감각이 더욱이 확실해졌다. 그녀는 더 참지 못하고 책을 정리하는 척 재건의 근처로 다가갔다.

'분명히 어디서 봤어.'

가까이서 재건의 얼굴을 훔쳐본 미주는 확신했다.

어느 순간 책을 빠르게 넘기던 재건의 입가에 미소가 어리고 있었다. 그와 동시에 미주는 자기도 모르게 두 눈을 부릅뜨며 중얼거리고 말았다.

"하재건……?"

난데없이 자신의 이름이 나오자 재건도 흠칫해서 고개를 들고 쳐다보았다.

시선이 교차하자 미주는 입술을 바들바들 떨었다.

지금껏 뿔테 안경에 가려져 알아보지 못했다. 조금 전 미소를 짓던 그 얼굴은 네이빈 오늘의 작가에 첨부된 사진과 꼭 같았던 것이다.

"하…… 하재건 작가님 맞으세요?"

"아아, 네. 그렇습니다."

미주는 감격한 나머지 제 입을 틀어막았다.

애초에 책읽기를 좋아해서 사서 공무원이 된 그녀였다. 디지털문학상에 이어 현대청년문학상까지 휩쓴 재건의 작품은 진즉에 전부 독파했다.

"스, 스무, 스무……!"

"네?"

"스무 살의 여름, 너무…… 너무 잘 읽었어요! 아, 정말 어떻게 말을 꺼내야 할지, 영화도 기대돼요. 아…… 더워라! 아, 영광이에요. 정말 영광이에요. 너무나요! 아, 그리고 스무 살의 여름만 잘 읽은 게 아니라 다른 선생님 작품들도 다 좋았어요! 오해하지 말아주세요."

미주는 자신이 공무원이며 이곳이 정숙해야 할 도서관이라는 사실마저 잊어버리고 목소리를 높였다.

재건이 쓰게 웃으며 입술에 손가락을 대고서야 미주는 제 입을 꽉 틀어막았다. 흥분이 가라앉지 않은 얼굴은 여전히 발갛게 달아올라 있었다.

"시, 실례했습니다. 독서 중이신데 정말 결례가 많았습니다."

"아닙니다, 괜찮습니다."

미주는 돌아서서 도망치듯 서가를 빠져나왔다. 멀리서 지켜보고 있던 아르바이트생이 기이하다는 듯이 물었다.

"주사님, 왜 그러세요? 아는 분이셨어요?"

"나중에 말해요. 나 과장님 좀 뵙고 올게요."

약 5분 후.

미주는 세 사람을 대동하고 종합 자료실로 되돌아왔다.

둘은 행정 지원과와 정보 자료과의 과장, 나머지 한 사람은 어지간한 일로는 발을 움직이는 법이 없는 이 도서관의 관장이었다.

"이거 무척 실례합니다."

나이 지긋한 50대의 관장이 재건에게 말을 걸었다.

이번에는 또 무슨 일인가 하고 돌아보는 재건 앞에서 관장은 허리를 깊이 숙이며 인사를 건넸다.

"저는 이 도서관의 관장을 맡고 있는 이정배라고 합니다."

"으음, 네. 안녕하세요. 하재건입니다."

재건도 관장에게 허리를 숙이며 답했다.

아버지뻘 되는 연배의 사람이 갑자기 정중하게 인사를 해오니 그는 내심 당황스러웠다.

"명망 높은 문인께서 저희 구의 도서관을 즐겨 찾아주신다는 이야기를 직원으로부터 듣고 이렇게 인사를 드리러 왔습니다. 저희 도서관을 이용하시면서 불편하신 점은 없으신가요? 뭐든지 말씀하십시오. 저희들이 최선을 다해서 선생님의 편의를 봐드리겠습니다."

"말씀만으로도 감사드립니다. 저는 지금 이대로도 아주 쾌적하고 좋습니다. 자료도 많고요."

예의를 챙겨 대답하면서도 재건은 속으로 한숨을 내쉬었다. 주변에 피해를 끼치지 않으려면 이 도서관도 앞으로는 오지 말아야 하는 건가.

관장이 말을 이었다.

"시간이 괜찮으시다면 차라도 한 잔 대접해드리고 싶습니다. 어떠신지요?"

당연히 재건은 사양하고 싶었다.

하지만 이미 두 사람이 등 뒤를 지키고 있고 관장이란 사람은 앞에서 고개를 연신 조아리며 안내하듯 앞쪽으로 손짓을 하고 있는 것이다.

'후, 어쩔 수 없네.'

BIG LIFE

재건은 멍하니 사무실 소파에 앉아 관장의 이야기를 듣고 있었다. 이야기의 요지는 도서관에서 열릴 학부모 대상 강연에 관한 것이었다. 역시 목적은 달리 있었다.

"……즉, 선생님처럼 훌륭하신 문인께서 저희 도서관에서 강연을 해주시면 그 뭐냐, 지역 사회의 발전을 도모하고! 다 함께 화합하는 주민들의 장이 더욱 가치 있게 빛날 것이며! 그리고 또…… 네! 그렇습니다!"

관장은 침까지 튀기며 점점 더 목소리를 높이고 있었다.

재건이 망설이고 있는데 처음으로 그를 알아본 공무원 미주가 나직이 옆에서 덧붙였다.

"부탁드립니다, 선생님. 선생님께서 강연해 주시면 저희 도서관의 큰 자랑거리가 될 거예요."

"으음……."

재건은 긍정적으로 고개를 끄덕였다.

'창작으로 아름다워지는 인생'이 주제라고 하니, 게임 회사 직원들을 상대로 할 콘텐츠 관련 강연과도 겹치는 부분이 있었다. 일정도 그보다 앞이니 경험 삼아서 편안하게 해봐도 나쁘지 않을 듯했다.

"알겠습니다. 주제 넘는 일이지만 한번 해보겠습니다."

관장은 다른 그 어떤 직원들보다도 좋아하며 아이처럼 환하게 웃었다.

"이거 정말 감사드립니다. 차 한 잔 더 드릴까요? 그리고 사진 한 방 부탁드려도 되겠습니까?"

"아, 아니요. 죄송하지만 사진은 다음 기회에 하겠습니다."

재건은 끝끝내 사양해도 입구까지 따라온 직원들의 배웅을 뒤로 하고 차에 올라탔다.

도서관에만 올 생각이었다면 차를 끌고 오지 않았을 것이나, 오늘은 '스무 살의 여름' 영화의 제작자 관련 시사회가 있는 날이었다. 재건도 원작자로서 그 자리에 참가하기로 되어 있었다.

'후, 잘 만들어졌어야 할 텐데.'

차의 시동을 걸면서 근심이 일었다. 기대가 전혀 없다면 거짓말이다. 영화 제작에 관해서는 아무리 마음을 놨다고 해도 자신의 소설로 만들어지는 만큼 결과가 좋기를 바라고 있었다.

'잘 만들었겠지. 감독도 능력 좋고, 배우도 좋으니까.'

재건은 내비게이션으로 목적지를 입력하고 핸들을 잡았다. 지금 막 도서관에서 있었던 일 덕분인지 좋은 예감이 들었다.

입에서 절로 휘파람이 나오고 있었다.

불이 꺼지고 장내는 침묵에 휩싸였다.

원작에서 그대로 따온 제목 '스무 살의 여름'이 어두운 스크린 한가운데에 은은히 떠오르고 있었다.

감독 재훈과 주연배우 도준을 비롯해 제작자 및 투자자들이 좌석을 채우고 있었다. 원작자의 명함을 가진 재건도 구석진 자리에서 떨리는 가슴을 안고 앉아 있었다.

'멋지다……!'

주인공이 입학한 대학의 MT 장면으로 영화가 시작되었다.

스크린 속의 도준이 갓 신입생이 된 주인공을 연기하는 중이었다.

설렌 가슴으로 쭈뼛거리는 모습이 재건에게는 만족스러웠다. 자신이 글을 쓰면서 떠올렸던 이미지와 흡사했다.

MT 장면이 끝나고 스산한 음향이 스피커에서 흘러나왔다. 곧이어 재건은 두 눈을 치켜떴다. 이예지가 강으로 뛰어들어 스스로 목숨을 끊는 장면이 나오고 있었다.

'으음……? 시간 순서를 바꿨나? MT 장면이 끝나고 바로 예지가 죽어?'

이예지라는 인물이 왜 자살을 했는지에 대해서는 한마디

의 언급이나 단서도 없이 바로 죽음이라니?

이야기의 주축이 되는 중요한 사건인데 너무도 뜬금없게 느껴졌다.

'더 지켜보자. 나도 영화에 대해선 전문가가 아니니까. 내가 짚지 못한 다른 뭔가가 있겠지.'

재건은 불안한 기분을 달래며 진중하게 영화를 지켜보았다.

시간이 흐르면서 영화는 중반부에 접어들었다.

재건이 느끼는 이상한 감각은 점점 더 강해지고 있었다. 어느덧 웃음기가 지워진 얼굴을 차지하고 있는 건 신랄한 경악뿐이었다.

'뭐지? 왜 여기서 격투신이 이렇게 길어?'

'한주희는 평범한 여대생인데 왜 이렇게 날아다녀? 상대는 전직 격투기 선수였다고!'

'여기서 범인이 눈 부라리는 장면을 왜 넣은 거야? 누가 봐도 영락없는 범인이라고 광고하고 있잖아!'

'아니, 그만 울어! 범인이 쫓아오고 있다고! 일단 도망부터 치고 질질 짜는 건 나중으로 미뤄도 되잖아!'

재건은 소리라도 버럭 지르고 싶은 충동을 한사코 억제해야만 했다.

마음에 드는 장면은 영화 시작 후 10분을 넘기지 못했다.

그 이후로는 거의 모든 장면이 충격의 연속이었다.

"……."

급기야 재건은 사고하는 일 자체를 그만뒀다. 시시각각 뒤틀리기 바빴던 표정도 종래엔 돌처럼 딱딱하게 굳어버렸다. 자신이 왜 이곳에 와서 이 영화를 보고 있어야 하는 건지 이해되지 않았다.

이윽고 영화가 끝이 났다.

예지가 뛰어들었던 한밤의 강물을 배경으로 엔딩 크레디트가 올라가고 있었다. 스크린의 검푸른 빛이 재건의 낯 위로 반사되었다. 혈색이 시체처럼 푸르뎅뎅해 보였다.

'이건…… 이건 아냐.'

재건은 엔딩 크레디트에 삽입된 자신의 이름을 확인하지도 않고 자리에서 일어섰다.

휘청거리는 걸음으로 빠져나가는 원작자에게 관심을 두는 사람은 거의 없었다. 오직 도준만이 침울한 눈빛으로 재건의 뒷모습을 지켜보고 있었다.

그사이에 영화가 완전히 끝나고 환한 조명이 장내를 밝혔다.

"우 감독님, 정말 고생하셨어요."

"영화 참 잘 찍으셨어요. 이거 최소한 500만은 거뜬하겠는데요?"

투자자들이 감독 재훈을 둘러싸고 그의 노고를 칭찬했다. 몇몇은 엄지손가락까지 들며 치켜세우고 있었다. 재훈은 한 사람, 한 사람 악수하며 커다란 배가 부풀도록 웃었다.

"이번에도 편집 기사가 잘해줬어요. 좋게들 봐 주셔서 한시름 놨습니다. 오늘은 발 뻗고 잘 수 있겠어요."

도준은 그들을 외면하고 슬그머니 자리에서 일어섰다. 그의 가슴에서도 울화가 명치까지 차오르고 있었다. 원작을 무척 재미있게 본 독자로서도, 영화화가 된 작품의 주연배우로서도 마찬가지였다.

돌아선 도준의 눈에 뒤쪽 복도에서 홀로 한숨을 내쉬고 있는 40대의 여자가 보였다. 출중한 편집 능력으로 영화 업계에서 유명한 편집 기사 박석지였다. '스무 살의 여름'도 그녀의 편집을 거쳤다.

"석지 누나."

"응, 도준아."

석지가 웃으며 대답했다. 데뷔 초에 알게 되어 사이가 좋았기에 도준은 항상 그녀를 누나라는 호칭으로 불렀다.

"좀 실망했지?"

"누나 손 거쳤으니 이 정도라도 됐죠."

도준이 주변을 슬쩍 살피며 작은 목소리로 대답했다.

석지는 흐트러진 도준의 옷매무새를 고쳐 주며 한숨과 함께 말을 이었다.

"투자자들 입김이라는 게 원래 이래. 너도 오랜 배우 생활 지속하려면 적응해야 할 거야."

"알아요."

석지가 닫힌 출입문 쪽으로 시선을 돌렸다. 그녀는 씁쓸하게 홀로 이 자리를 떠난 원작자의 뒷모습을 지켜본 몇 안 되는 사람 중 하나였다.

"하재건 작가님 표정이 영 좋지 않던데. 너무 실망하시지 않았으면 좋겠어. 너도 얼굴 좀 펴고. 인기 스타가 항상 웃어야지."

"웃고 있잖아요."

"썩소잖아, 이그. 밥 먹으러 가자."

도준은 석지를 따라서 자리를 벗어났다. 머릿속에는 여전히 비틀거리듯 떠난 재건의 뒷모습만이 가득했다. 투자자들의 시끄러운 웃음소리는 여전히 그치지 않고 있었다.

BIG LIFE

서울 종로의 허름한 골목에 자리한 돼지 국밥집은 초저녁부터 손님들도 시끌벅적했다.

재건은 구석자리에서 모둠 순대를 시켜놓고 홀로 술잔을

기울이고 있었다.

오랜만의 방문이었다. 싸고 맛있는 데다 주인 할머니의 인심도 좋아서 대학 시절부터 정진과 종종 찾았던 식당이다.

“뭐야? 벌써 혼자 시작한 거야?”

식당에 들어선 정진이 놀란 표정으로 물었다. 그는 뛰어오느라 어깨 뒤로 넘어간 넥타이를 고치며 재건의 맞은편에 앉았다.

“대체 뭔 일이냐? 만날 글 쓴다고 술 마시잔 소리도 안 하던 네가 혼자 술을 까고 있는 걸 보니 작은 일은 아닌 것 같다만.”

“일단 잔이나 받아. 너 밥 안 먹었지? 국밥 하나 시킬까?”

“순대면 돼. 이거 먹고 모자라면 또 시키면 되고. 아무튼 무슨 일이냐니까?”

잔을 받으면서 정진이 채근했다. 재건은 자조하듯이 웃으며 둥근 쇠판에 대고 말머리를 꺼냈다.

“영화, 좋은 소린 못 들을 것 같다.”

재건은 정진과 술을 나누며 시사회에서 영화를 보고 느낀 점을 줄줄이 늘어놓았다. 정진은 재건 이상으로 심각한 표정이 되어 잠자코 이야기를 듣고 있었다.

“……가장 실망스러웠던 건 억지 감동을 쥐어짜느라 완급 조절이 전혀 안 됐다는 거야. 그 영화 뭐였지? 설경국이랑 손혜진이랑 또 김성경 나왔던 그 재난 영화 있잖아.”

“빌딩.”

“그래, 빌딩. 그것도 다 좋았는데 감정 과잉으로 흐름 어그러지는 부분 있잖아. 불이 나서 다 죽게 생겼는데 무슨 아내랑 자식이랑 울고불고 몇 분씩 얘기하고 있어?”

“눈물을 짜내느라 그런 거겠지.”

정진이 입맛 쓴 표정으로 술을 따르며 대답했다.

“이야기 전체의 리듬이 망가지는 한이 있더라도 눈물을 짜내야 한다는 강박관념이라도 있는 게 아닐까.”

“나도 모르겠다. 주인공들이 감정적으로 대화를 나눌 때만 시간이 느려져. 맥스 페인 불렛 타임 거는 것도 아니고.”

말끝으로 재건은 억지로나마 활짝 웃었다.

“그래도 네가 있어서 이렇게 털어놓을 수도 있고 좋군.”

“시끄러워. 그래서 어떡할 거야?”

“뭘 어떡해? 내 손 떠난 거고 내가 개입할 수 있는 건 아무것도 없는데.”

“앞으로 말이야. 넌 계속 글을 쓸 거고 또 영화화되지 말란 보장이 없잖아. 이런 일이 생기면 그땐 어떻게 대처할 건데?”

“…….”

재건은 즉시 웃음을 멈추고 상념에 빠졌다. 정진이 던진 물음이 그에게 많은 생각을 안겨줬다. 정진은 방해하지 않으려고 홀로 술을 따르며 묵묵히 기다렸다.

'내가 애초에 시나리오에 자신감이 있었다면…….'

문득 그런 생각이 들었다. 소설을 쓰는 것처럼 시나리오를 쓰는 것도 자신감이 충만했다면 어떻게 됐을까. 반드시 내가 직접 시나리오를 쓰겠다고 고집을 부리지 않았을까.

물론 시사회에서 접한 흡족하지 못한 결과물에는 여러 가지 이유가 있을 터였다. 단순히 시나리오 문제라고만 치부할 수는 없는 노릇이다. 현장에서 장면이 바뀌기도 했을 것이고 편집 과정에서도 많은 변화를 거쳤을 것이다.

'그래도……!'

최소한 직접 시나리오를 썼다면 이렇게까지 후회스럽지는 않았을 거란 생각이 물밀 듯이 밀려드는 재건이었다.

혼신의 힘을 다해 쓴 작품이었다. 아직 결혼도 안 했으니 자식 같다고 표현할 수는 없겠지만 분신과도 같은 작품이라고 할 수 있었다.

소중한 작품이 기대했던 것과 전혀 다른 모습의 영화로 만들어졌다. 술을 마셔서 감정적이 된 것일까. 가슴이 찢어질 듯이 아프다는 느낌마저 재건은 알 것 같았다.

"너무 속상해하지 마라, 재건아."

"그래."

"넌 이미 엄청나게 성공한 작가야. 영화가 실패하더라도 상관없어. 100만 부나 팔려 나간 원작자잖아. 욕을 먹어도 감독이 먹지 네가 먹을 일은 없어. 그리고 내가 보기엔 영화도 망할 거 같진 않아. 대충 네 설명 들으니까 어떤 느낌으로 만들어졌는지 알 것도 같은데. 그런 스타일이 극장가에서 잘 먹히잖아."

"고맙다."

재건은 정진의 위로에 힘입어 고개를 들었다. 친한 벗이 건네는 말 한 마디, 한 마디가 착잡한 심경을 부드럽게 달래 주고 있었다.

"자존심 상해서 이대로는 안 넘어간다."

재건이 술을 따라 주며 나직이 내뱉었다. 정진은 술을 받다 말고 흠칫한 시선으로 쳐다보았다.

"이대로 안 넘어간다니. 뭘 어쩌려고?"

"한혜선 교수님 뵐 거야."

정진의 얼굴에 미소가 환하게 번졌다. 재건이 말하는 바가 무엇인지 그는 이미 파악했다. 정진 역시 한혜선 교수의 인성과 능력을 깊이 존경하는 제자들 중 한 사람이었으니.

"너 이 자식, 파이팅. 오늘 2차까지 가냐?"

"콜. 먹고 싶은 건 전부 말해라."

세차게 맞부딪친 두 사람의 잔에서 술이 쏟아져 상 위를 적셨다. 재건은 오늘 느낀 우울함을 내일까지 끌고 가지 않기로 단단히 마음먹었다.

지나간 오늘보다 내일이 더 소중하다.

모르는 건 배우면 된다.

BIG LIFE

"글이 많이 좋아졌구나."

명경예대 나동 403호 연구실.

칭찬에 인색하기로 유명한 혜선의 입에서 시작부터 긍정적인 감상이 흘러나오고 있었다. 잔뜩 긴장하고 앉아 있던 눈앞의 제자는 안도의 한숨을 내쉬었다.

"직장 생활하면서 글을 쓴다는 게 쉽지 않았을 텐데. 몰라보게 좋아져서 놀랍다."

"정말 고맙습니다, 교수님."

발그레한 얼굴로 웃으며 고개를 숙이는 제자는 정미였다. 그녀는 깍지를 낀 손가락을 매만지며 수줍게 말을 이었다.

"사실 재건이 도움이 컸어요."

"재건이가?"

"네, 오리엔테이션 강연 때 만나서 고민 끝에 부탁했었거든요. 제 소설 좀 어떤지 봐 달라고요."

"그런 일이 있었구나."

"네, 처음엔 너무 많은 부분을 지적해서 많이 속상했어요. 제 나름대로 열심히 쓴 글이었으니까요. 근데 며칠 지나서 다시 들여다보니 재건이 말이 다 맞다는 생각이 들더라고요. 마음 다잡고 차분하게 여러 번 퇴고해서 지금 이 글이 된 거예요."

나이 든 교수는 흡족한 미소로 천천히 고개를 주억거렸다.

재건은 지금까지 길러낸 제자들 중 가장 큰 성과였다. 무엇보다 여전히 목말라 하고 있다는 점이 좋았다. 지금 이 순간에도 성장을 거듭하고 있었다.

"근데 교수님, 무슨 시나리오 책을 이렇게 많이 가져다두셨어요?"

정미가 혜선의 책상 가득히 쌓인 수십 권의 책을 보고 물었다. 하나같이 시나리오 관련 서적들이었다.

"응, 재건이 보내줄 만한 것들 좀 추려보려고. 절판된 책도 많아서 내 걸 보내줄 수밖에 없겠네."

"재건이가…… 이제 시나리오 쓴대요?"

"그런가 봐. 자기 작품이 영화화되고 나니 시나리오에도 관심이 생겼을지도 모르지."

혜선은 그렇게만 이야기하고 나머지 말을 아꼈다.

머리로는 얼마 전 자신을 찾아왔던 재건의 진중한 표정을 떠올리고 있었다.

소설에 이어서 이제는 시나리오라니. 작가로서 재건의 저변이 어디까지 넓어질지 기대가 무척 컸다.

“나 잠깐만 화장실 좀 다녀오마.”

“네, 교수님. 다녀오세요.”

혜선이 연구실을 비운 사이.

정미는 가만있기도 심심해서 연구실 벽의 서가를 천천히 둘러보았다.

이리저리 움직이던 그녀의 시선이 무심코 혜선의 책상 위 종이로 향했다. 거기엔 두 줄의 주소가 적혀 있었다.

36장

초대하지 않았는데

타다다닥! 탁!

사고방식 자체가 일반 소설과는 달라서일까.

서건우의 노트북을 이용해도 자꾸만 전개가 막혔다. 대학 시절 과제로 썼던 일 이후로 시나리오를 한 번도 건드려 본 적이 없는 재건은 오늘도 고통스러워하고 있었다.

'힘들다……!'

재건은 머그컵이 재충전되는 족족 사용하면서 일주일 동안 거의 밤을 새웠다. 목에서부터 양쪽 손목과 허리까지 뻐근하지 않은 곳이 없었다. 두 눈은 퀭했고 그득한 수염 사이의 입술은 고목처럼 메말라 있었다.

재건은 혜선의 지침에 따라 훈련을 반복하고 있었다.

기존에 나온 영화 시나리오를 읽고 또 분석하고 영화를 직접 보면서 실시간으로 플롯을 적어보는 한편, 혜선이 추천한 작법 서적을 참고해 자신만의 시나리오를 써 나가는 중이었다.

'아직도 이것밖에 못 쓰다니……. 반성한다!'

재건은 끊임없이 스스로를 채찍질하며 열 손가락을 재촉했다. 에어컨을 틀어뒀음에도 불구하고 그의 등골은 땀으로 흥건히 젖어 있었다.

사실 재건은 엄청난 속도로 시나리오 기법을 익혀가고 있었다.

뿔테 안경은 하루 수십 작품의 시나리오와 작법 서적을 흡수하도록 힘을 보태줬고 머그컵은 인간으로서 필연적으로 지닐 수밖에 없는 체력의 한계를 허물어줬다.

재건은 평균적으로 반년은 족히 걸려야 체득할 수 있는 학습량을 3~4주 만에 소화해 내고 있었다.

남들이 보면 기절초풍해야 할 일이지만, 그럼에도 불구하고 본인은 만족하지 못하고 있었다.

'모르는 건 배워야지. 내 의지로 안 할 순 있어도 몰라서 못하는 건 말도 안 돼!'

타다다닥! 타닥! 타다다닥! 탁!

재건은 미친 사람처럼 두 눈을 부라리며 쓰고 또 썼다.

손가락이 멈췄을 땐 반드시 다음 전개를 고민했고, 고민을 끝냈을 땐 손가락을 쉬게 두지 않았다.

창틀에 앉아 지켜보는 리카의 시선은 재건을 걱정하고 있는 듯 평소처럼 영롱하지만은 않았다.

드르륵!

핸드폰이 울리며 전화가 걸려왔다. 등록되지 않은 모르는 번호였다. 재건은 그 번호조차 보지 못하고 모니터 화면에 눈을 들이박은 채 전화를 받았다.

"여보세요."

–선배님, 안녕하세요! 저 이번 신입생 지수예요!

활기찬 목소리가 고막을 울렸다.

한창 글에 열중하고 있었던 재건은 상대가 누구인지 금세 기억해 내지 못하고 있었다.

–서지수요, 선배님. 친구 예인이랑 사인회 때도 뵀고 오리엔테이션에서도 뵀잖아요. 기억 안 나시는 거예요?

"아아, 어. 그래, 기억해."

재건이 모니터 화면으로부터 초췌한 얼굴을 돌리며 대답했다. 목젖을 뚫고 흘러나오는 자신의 목소리가 스스로 느끼기에도 기묘하게 울리고 있었다. 주구장창 글만 쓰고 지냈기에 누군가와 이야기하는 것도 오랜만이었다.

"근데 내 번호 어떻게 알았어?"

—네? 아, 그…… 선배님들 통해서요.

어물거리는 말투가 딱 봐도 거짓말이었다.

어쨌거나 자신의 번호를 어떻게 알아냈는지는 지금 재건에게 중요하지 않았다. 빨리 통화를 끝내고 쓰던 시나리오를 마저 쓰고 싶을 뿐이었다.

"그래, 아무튼 무슨 일이니?"

—사실 저희 오늘 수업이 일찍 끝나서 놀러 왔어요.

"놀러…… 왔다고?"

재건이 두 눈을 가늘게 떴다.

수화기 저편에서 까르륵거리는 여자들의 웃음소리가 울렸다. 한두 명이 아닌 것 같았다.

—근처까지 찾아왔는데 정확한 위치를 모르겠는 거예요. 깜짝 방문 드리려다가 못 찾아서 전화 드렸어요.

재건은 핸드폰을 귀에 댄 채로 창가로 가 문을 열어젖혔다.

여대생 4명이 멀지 않은 길 위에 서서 재잘거리고 있었다.

그중 핸드폰을 들고 있던 여대생이 용케 재건을 발견하고 한 손을 번쩍 들어 흔들었다.

—저희예요, 선배님!

'맙소사……!'

재건은 도무지 웃음이 나오지 않았다.

핸드폰 번호는 그렇다 치더라도 주소를 어디서 알아냈

을까.

그의 심정은 아랑곳없이 어린 후배들은 천진난만하게 발까지 구르며 손을 흔들고 있을 뿐이었다.

"……그래, 올라와라."

―네~ 엣!

후배들이 올라오는 1분 남짓의 사이에 재건은 전기면도기로 수염을 밀었다.

폐인 같은 모습을 여과 없이 보일 수는 없는 노릇이다. 세수와 양치질까지 광속으로 끝내자마자 현관문을 여니 후배 4명이 문턱 앞에 나란히 서 있었다.

"안녕하세요, 하재건 선배님!"

4명이 동시에 허리를 숙이며 큰 목소리로 인사했다. 재건은 민망스럽게 웃으며 그들을 원룸 안으로 맞아들였다.

"서 있지 말고 들어와. 방이 좁다."

후배들은 하나같이 두 눈이 휘둥그레 변했다.

꼭 필요한 물품들만 구비되어 있는 간소한 원룸 풍경이 그들에게는 이해되지 않았던 것이다. 100만 부 판매고를 올린 베스트셀러 작가의 작업실이라기엔 다소 초라하다는 생각들을 품고 있었다.

"커피 줄까?"

"앗, 선배님. 저희가 탈게요. 근데 선배님……."

"어? 말해."

"작가의 서재 출연하셨잖아요. 그거 작가의 작업실에서 녹화하는 거요. 혹시 여기서 하신 거예요?"

한 후배가 궁금함을 참지 못하고 물었다.

한참 전에 녹화를 끝낸 작가의 서재는 아직 방송되지 않았다. 방송에서 원룸 풍경을 접했다면 이렇게 놀라지도 않았을 터였다.

"여기서 했지. 왜?"

"아, 아니에요. 그냥 궁금했어요. 꺄악, 고양이 귀여워!"

후배가 말을 돌리며 리카에게로 다가갔다.

그러나 리카는 도도하게 쳐다보더니 후배의 손길이 닿지 않는 찬장 위로 몸을 피해 버렸다.

"야옹이가 저 싫어하나 봐요. 여자애예요?"

"어, 이름이 리카야. 낯을 조금 가려. 커피 저쪽에 있다."

후배들은 저마다 알아서 커피를 한 잔씩 타 바닥에 무릎을 꿇고 앉았다. 그들의 맞은편에 몸을 앉히며 재건이 말했다.

"편하게 앉아."

"네, 선배님."

후배들이 비로소 발끝을 모로 빼고 비스듬히 고쳐 앉았다. 하나같이 흥분으로 발그레한 얼굴이었다.

명경예대 문예창작과 신입생인 이들에게 있어 재건은 하

늘의 별 그 자체였다.

"묻고 싶은 게 있는데."

"네, 뭐든 물어보세요."

"주소 어떻게 알았니?"

후배들이 양 뺨을 부풀리고는 서로의 눈치를 살폈다.

곧이어 지수가 대표로 나서서 대답했다.

"조교 언니가 싸둔 택배 상자에서 봤어요."

"택배 상자?"

"네, 한혜선 교수님께서 시나리오 책들 보내시는 거라고……."

"아아, 그래."

재건이 납득하고 고개를 끄덕였다. 자신의 번호와 주소가 어디에서 유출된 것인지 이제 확실히 깨달았다.

'그렇다고 그걸 보고 바로 찾아오다니…….'

재건은 속으로 고개를 절레절레 내저었다.

이제 대학생이 됐다고는 하지만 역시 아직은 어린애들이란 생각이 들었다. 예의에 어긋난 행동이라는 생각조차 할 겨를이 없었던 것일지도 모르는 일이다.

"아무튼 반갑다."

재건이 엷은 미소를 지으며 입을 열었다. 파릇파릇하고 귀여운 후배들이 자신을 보려고 찾아왔다는 사실을 우선은 기쁘게 받아들였다. 그렇지만 주의를 덧붙이는 것은 잊지 않았다.

"다만 앞으로는 이렇게 갑자기 찾아오면 안 된다. 그냥 놀러 오는 것도 안 되고, 용무가 있으면 미리 연락을 주고 와야지. 그래야 나도 너희들을 맞을 준비를 하지."

"네, 선배님."

"죄송해요, 선배님."

후배들이 금세 풀 죽은 목소리로 고개를 떨어뜨리고 답했다.

재건은 쓰게 웃으며 그들의 볼을 차례차례 살짝 꼬집었다.

"다들 점심 안 먹었지? 저기 책자 보고 아무거나 먹고 싶은 걸로 시켜."

"와, 선배님 정말 최고예요."

만장일치로 선택된 건 결국 중국 요리였다.

전화한 지 얼마 지나지 않아 찾아온 배달원은 잡탕, 탕수육, 그리고 자장면과 짬뽕을 두 그릇씩 꺼내 늘어놓았다.

"잘 먹겠습니다!"

귀여운 후배들은 말한 대로 잘도 먹었다.

남김없이 먹은 뒤에는 알아서 빈 그릇을 치우고, 상을 닦고, 설거지를 하고, 심지어 바닥에 걸레질까지 했다. 뒤이어

세탁기까지 돌리려는 걸 재건이 가까스로 뜯어말렸다.

점심을 먹은 뒤에는 창작에 관한 대화를 나눴다. 대화라고는 해도 대부분 재건이 질문을 받고 답하는 쪽이었다. 그러다 보니 어느새 해가 질 무렵이 되었다.

"너희들 이제 슬슬 돌아가야지. 오늘 즐거웠다."

"네…… 선배님."

후배들은 아쉬운 기색이 역력한 표정으로 일어섰다. 아직도 재건에게 물어보지 못한 말이 수두룩한 것이다.

재건은 차를 몰아 후배들을 지하철역까지 바래다주었다.

다시 집으로 핸들을 꺾으면서 백미러를 힐끗 보니, 후배들은 아직도 그 자리에 서서 손을 흔들고 있었다. 재건의 입가에 또 웃음이 일었다.

'자주 이러면 곤란한데.'

집으로 돌아오니 잠시 묻어뒀던 근심이 되살아났다.

오늘은 4명이지만 다음엔 8명, 그다음엔 16명이 찾아올지도 모르는 일이다.

후배들과의 만남은 분명 즐거운 일이겠지만 그것과는 별개로 집필에는 확실히 방해가 된다.

'알아들을 만한 애들이니 뭐.'

내친김에 재건은 조교에게 전화를 걸어 전화번호와 주소가 유출되지 않도록 당부했다.

조금은 안심이 된 상태로 그는 멈췄던 시나리오 작업을 재개했다.

그로부터 며칠이 흘렀다.

바람이 선선한 날이어서 재건은 에어컨을 끄고 문을 활짝 열어둔 채로 작업하고 있었다. 사람을 불러 현관 방충망을 달아두었기 때문에 모기나 날벌레가 들어올 염려는 없었다.

"야옹."

"알았어, 리카. 이 장면까지만 쓰고 쉴 거야."

재건은 DVD로 영화를 보면서 플롯을 적어가는 중이었다. 입가에 올라온 기쁜 웃음은 지워질 새가 없었다.

학습량이 누적되면서 생겨난 자신감 덕분이었다. 이제는 제대로 오리지널 시나리오를 집필해 볼 만하겠다는 자신감이었다.

드르륵!

핸드폰이 울리며 전화가 걸려왔다. 재건은 액정에 뜬 정미의 이름을 확인하자마자 전화를 받았다.

"어, 정미야."

—안녕, 재건아. 글 쓰고 있었어? 내가 방해한 거야?

"아니야, 괜찮아. 소설 때문에 전화한 거야?"

—그런 것도 있는데…….

정미가 말끝을 흐렸다. 더불어 창밖 멀리에서부터 자동차의 엔진 소리가 아스라이 들려오고 있었다.

한창 작업하고 있었기에 예민해진 까닭일까.

재건은 이상한 낌새를 느끼고 창가로 다가섰다. 예감은 현실이 되어 있었다.

'아니, 이건 또 뭐지?'

신입생 오리엔테이션 때 봤던 정미의 아이보리색 경차가 저속으로 가까워 오고 있었다. 어안이 벙벙해진 재건의 귓가로 정미의 목소리가 이어졌다.

–사실 지나가는 길에 들렀어. 얼마 전에 교수님 뵈려고 학교 갔었거든. 조교가 너한테 보내는 택배 상자에서 주소 봤어.

"으음……."

썩 기분이 좋지 않았기에 재건은 침음으로 대답을 대신했다. 이윽고 멈춰선 차에서는 정미가 핸드폰을 귀에 대고 내려서고 있었다. 한 손에는 커다란 쇼핑백을 들고 있었다.

–글 많이 봐 줘서 정말 고마운데 생각해 보니 여태 보답을 못했더라? 그래서 뭘 조금 샀는데, 택배로 부치는 것보단 겸사겸사 얼굴도 보면 좋을 것 같아서, 그래서…….

"그랬구나, 알았어. 내가 내려갈게."

재건은 1층으로 내려가 정미를 데리고 원룸으로 들어

왔다. 그녀가 사온 선물은 가격이 꽤 나가는 홍삼 세트였다.

"잘 먹을게."

"건강 챙겨, 재건아. 너 지금 보니까 전보다 더 마른 거 같다."

"그래."

재건이 건조한 음성으로 답했다. 예기치 못한 방문자의 걱정은 고맙다기보다는 부담스럽기만 했다.

정미는 금세 자리에서 일어서지 않았다. 쓰고 있는 글과 자신의 직장, 그리고 이런저런 일상을 늘어놓느라 커피 한 잔을 1시간 반 가까이 마시고 나서야 일어섰다.

"너무 오래 방해했나 봐. 미안해, 나 이제 갈게."

"조심해서 가."

정미를 보내고 난 재건은 노트북 앞에 앉으며 한숨을 내쉬었다. 정미 때문에 흐름이 끊겼다. 그는 영화를 처음으로 되돌려서 다시 처음부터 작업을 시작했다. 한 번 깨진 집중력을 회복하기까지는 꽤나 긴 시간을 필요로 했다.

'설마 또 찾아오지는 않겠지.'

글을 봐주는 일이라면 이메일이나 채팅, 아니면 전화로도 얼마든지 가능하다. 굳이 대면할 이유가 없는 것이다.

오늘은 정말 고마운 마음에 선물을 사 들고 인사를 하러 찾아온 것이리라.

재건은 그렇게 자신의 생각을 마무리했다.

하지만 다시 며칠 뒤.

재건의 예상을 여지없이 비껴가는 사건이 발생했다.

굵직한 빗물이 주룩주룩 내리는 우울한 날씨였다.

재건은 방충망을 펼친 현관문을 활짝 열어놓은 채 곤히 잠자고 있었다. 머그컵의 충전 시간을 기다리지 못하고 잠든 것이 이제 5시간째였다.

탁! 탁! 탁! 탁!

'으음……?!'

기묘한 음향이 재건을 잠에서 깨우고 있었다.

희뿌연 시야 속으로 누군가의 윤곽이 떠올랐다. 차츰 사물을 판별할 수 있을 만큼 육안이 또렷해졌다. 재건은 앞치마를 두르고서 채소를 썰고 있는 정미를 알아볼 수 있었다.

"앗, 재건아. 일어났어?"

기척을 느낀 정미가 부끄러운 듯이 웃으며 돌아보았다.

재건은 오한이 이는 것마저 느끼며 주변을 확인했다. 틀림없는 자신의 방 안이었다. 리카도 창틀에 웅크리고 앉아 있었다.

"뭐 하는 거야?"

"구로디지털에 일이 있어서 갔다가 들렀어. 전화를 해도 안 받아서 와봤더니 문이 열려 있더라. 기왕 온 김에 찌개라도 끓여놓으려고 했지.”

대수롭지 않게 말하는 정미 앞에서 재건은 할 말을 잃었다. 한눈에도 좋지 못한 그의 반응 앞에서 정미는 주눅 든 표정으로 물었다.

“내가 실수한 거지?”

“아니, 뭐…… 괜찮아.”

재건이 뒷머리를 긁적이며 자리에서 몸을 일으켰다.

“나야 고마운 일이지. 이렇게 마음대로 찾아와서 제멋대로 요리도 해주고.”

비꼬는 말이라는 걸 모를 수가 없는 정미였다. 그녀는 재건을 바라보던 시선을 거두고는 주방 쪽으로 돌아섰다. 썰던 채소를 마저 썰면서 그녀는 중얼거리듯이 대답했다.

“미안해, 찌개만 끓여놓고 갈게.”

“날카롭게 굴어서 미안하긴 한데, 그래도 이건 아니잖아.”

“듣고 보니 정말 그러네. 난 그냥 오랜 동기로서 별 뜻 없이 이랬던 건데 정말 아니다.”

정미는 말없이 찌개를 끓였다. 그러는 내내 재건은 착잡한 표정으로 창밖만 내다보고 있었다.

“재건아.”

“말해.”

"내가 사귀자고 하면 사귀어줄래?"

"……?"

재건이 황당하기 짝이 없는 표정으로 돌아보았다. 정미는 현관 앞에 가방까지 챙기고 서서 고개를 수그리고 있었다.

"갑자기 무슨 소리하는 건지 모르겠다."

"말 그대로야. 나, 너 좋아하나 봐."

"아니, 정미야……."

재건이 한숨을 내뿜으며 앞머리를 쓸어 넘겼다.

"대학 시절부터 그런 티 낸 적 한 번도 없었잖아."

"그땐 제대로 몰랐어. 네가 이렇게 매력적인 사람인지."

"……."

"오해하지 마. 너 성공해서 돈 잘 번다고 이러는 거 아니야. 나 너한테 글 배우면서 느낀 게 참 많아. 계속 너랑 가까이 지내고 싶어. 다른 속셈 없어. 나도 직장 다니고 있고 앞으로도 열심히……!"

"정미야."

재건이 지그시 정미를 응시하며 말을 끊었다. 한없이 냉랭한 그의 눈빛을 마주한 채로 정미는 몸을 움찔 떨었다.

"너 나에 대해서 아무것도 모르잖아."

"재건아……."

"앞으로 이렇게 보는 일 없도록 하자. 오늘 일은 없었던 걸로 할게. 그만 돌아가 주라."

재건이 더 얘기하기도 싫다는 듯이 손을 내젓고는 돌아섰다.

발끈한 정미가 한 걸음 다가서며 목소리를 높였다.

"나 정말로 너 좋아해서 말한 거야!"

"나는 네가 싫어."

"……?!"

"미안하지만 여자로는 전혀 안 보여."

뜸도 들이지 않고 되돌아오는 차가운 대답이 정미를 얼어붙게 만들었다. 우두커니 선 정미의 두 눈이 붉어지고 있었다. 그녀는 스스로 납득했다는 듯이 웃으며 이를 앙다물고 고개를 끄덕였다.

"그래, 나 같은 건 수희랑 비교하면 아무것도 아니지."

"뭐라고?"

"아무 말도 안 했어. 미안했어, 재건아. 나 갈게……."

그 말을 끝으로 정미는 묵묵히 신발을 신고 원룸을 떠났다. 시동이 걸린 정미의 차가 멀어져 갔다. 재건의 허탈한 눈빛은 원룸의 텅 빈 허공을 관통하고 있었다.

'이사를 가야겠군.'

재건은 그 자리에서 결심을 굳혔다. 리카를 위해서라도 넓은 곳으로 거처를 옮겨야겠다고 진즉부터 생각은 하고 있었다.

후배들에 이어 난데없는 정미의 무단 침입과 고백까지.

앞으로도 비슷한 일들이 지속된다면 작업 능률은 엉망진창이 될 것이다.

"리카, 집 보러 갔다 오자."

"야옹."

재건은 리카를 가슴에 안아 들고 신발을 신었다. 굵직한 빗물은 여전히 줄기차게 쏟아지고 있었다.

"계기가 이렇게 될 줄은 몰랐다."

재건이 현관을 등지고 우산을 펴며 리카에게 말했다. 계획된 외출은 아니지만 충동적인 행동 또한 아니었다. 어차피 이사는 할 예정이었으니까.

수원 본가의 집을 옮기느라 현금이 부족했고, 그 점을 핑계 아닌 핑계 삼아 이사를 미루고 있었다. 원룸에서 글을 쓰며 지내는 것도 딱히 불편하지 않아서 오늘에 다다랐을 뿐이다.

"사는 집 담보로 대출 받아 사도 되고. 마음먹었을 때 움직여야지, 계속 미뤘다간 영원히 부동산 문턱도 못 밟겠어."

계단을 내려오면서 재건은 어이가 없어 헛웃음을 터뜨렸다.

정미에게 이런 일면이 있었을 줄이야.

친하다고 할 순 없어도 오래 알고 지낸 동기였기에 충격은 작지 않았다.

부르릉!

차의 시동을 걸며 재건은 옛 기억을 떠올렸다.

대학 시절 정미는 제법 인기가 있었다. 귀여운 외모는 평균 이상이었고 옷차림도 여성스럽게 신경을 써서 관심을 갖는 남자 동기가 꽤 많았다.

하지만 재건과의 접점은 없었다. 글을 쓰는 방식도 그렇거니와 세상을 바라보는 시선 자체가 서로 맞지 않았다. 공통분모가 부재한 만큼 재건이 정미를 여자로 볼 기회는 단 한 번도 없었다.

데면데면하게 동기로서 사이를 유지하다가 졸업했다.

동창회 때 가끔 얼굴을 보는 것 외에는 특별히 연락 한 번 주고받은 적도 없었다. 그러다 최근 오리엔테이션 강연 때 만난 것이 계기가 되어 글쓰기를 얼마간 도와줬다. 그 결과가 오늘의 고백에 다다른 것이다.

재건은 그저 당혹스러울 뿐이었다.

'고마워해야 하나. 미루고 있던 이사를 서두르게 해줘서.'

재건은 핸들을 잡고 액셀을 밟았다.

비가 와 질퍽한 흙길 위를 차가 천천히 나아갔다.

목적지는 지금 살고 있는 원룸 월세 매물을 구할 때 방문

했던 인근 부동산이었다.

'멀리는 안 갈 겁니다, 선배님.'

서건우의 무덤을 지나칠 즈음 재건이 창 너머로 쳐다보며 속으로 말을 건넸다. 대선배의 거처는 그 존재만으로 정신적인 지주였기에 멀리 떠날 마음은 없었다.

37장
오지랖 고마웠어요

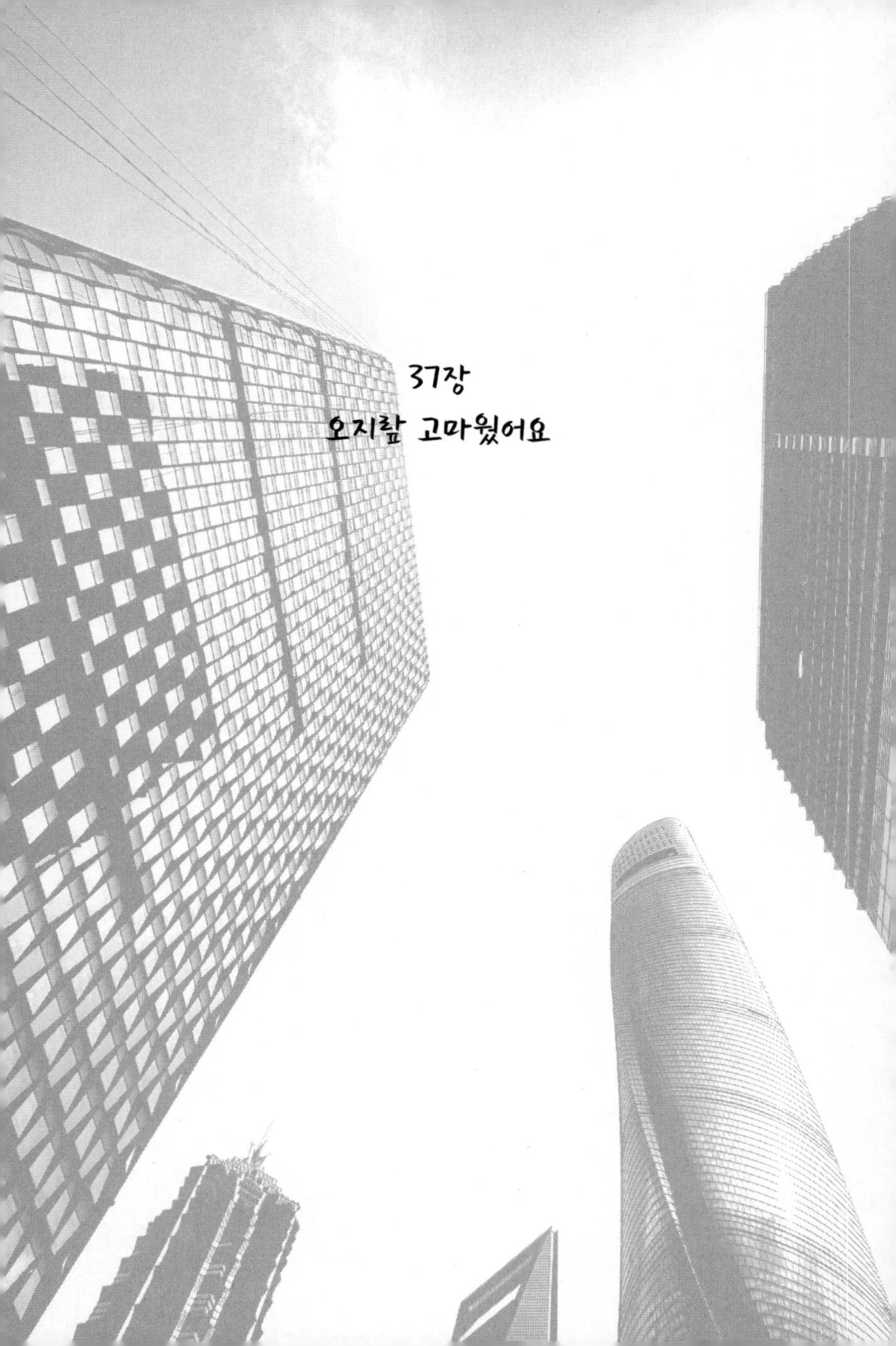

부동산까지는 5분이 채 걸리지 않았다.

재건은 갓길에 차를 세우고 내려서 부동산 사무실 안으로 들어섰다. TV를 보고 있던 50대의 업자가 졸린 표정으로 그를 맞았다.

"어서 오슈."

"안녕하세요."

"방 보러 오셨나?"

빠르게 탐색을 끝내고 난 업자가 대뜸 물었다.

20대 중후반으로 보이는 나이에 트레이닝복, 그리고 삼선 슬리퍼를 신은 재건의 모습은 비루한 학생, 혹은 백수였다. 아무리 좋게 봐도 휴일을 맞은 사회 초년생에 지나지 않왔다.

"월세죠? 원룸?"

업자가 확신 어린 어조로 물으며 일어섰다.

원룸 정보를 확인하러 컴퓨터로 향하는 그의 등에 대고 재건이 말했다.

"아니요, 집 사려고 매물 보러 왔습니다."

"집을 산다고요?"

"네."

업자가 뚱한 표정으로 돌아보았다.

항상 말 좀 조심해서 하라고 아내로부터 잔소리를 듣는 그였다. 간혹 그의 말투에 울컥해서 허세를 부리는 손님들이 더러 있었기 때문이다.

'대뜸 월세라고 물어본 게 기분 나빴나?'

업자는 슬쩍 재건의 기색을 살폈다. 특별히 기분이 상한 느낌은 엿보이지 않아서 그는 조금 안심했다.

"어떤 집을 알아보시나요?"

업자가 일단은 형식적으로 물었다.

재건은 잠시 생각하듯 눈을 내리깐 끝에 대답했다.

"단독이요."

"단독?"

업자가 두 눈을 토끼처럼 동그랗게 떴다.

"네, 정원이 아담하게라도 있는 단독으로요. 이 근방에 괜찮은 매물 없을까요? 담이 높고, 외부에서 안쪽이 안 보이는 그런 구조였으면 좋겠습니다."

재건의 마음은 단독주택으로 기울고 있었다.

오랜 기간 소망했던 대형 서재를 가지려면 역시 평형 넓고 개보수가 편리한 단독주택이 좋으리라. 리카의 몫으로 주어질 정원은 덤이었다.

"단독이라……. 가격대는?"

"10억 정도까지는 무리 없습니다. 매물이 좋다면 그 이상의 가격이라도 괜찮고요."

간단히 대답하는 재건 앞에서 업자는 무심코 코웃음을 터뜨렸다.

10억까지는 무리가 없다니. 10억이 어디 지나가는 개 이름인가. 로또 1등에 당첨돼도 10억의 상금을 수령하기란 쉽지 않다.

적어도 후줄근한 트레이닝복에 슬리퍼를 신고 어슬렁어슬렁 나타난 청년이 입에 담을 만한 금액은 아니라는 생각이었다.

"아, 혹시……?"

문득 업자가 두 눈을 게슴츠레하게 뜨고 재건을 쳐다보며 고개를 갸웃거렸다. 어딘지 모르게 낯익은 재건의 얼굴이 그의 기억 깊은 곳에서 떠오른 참이었다.

"저기…… 작년에 원룸 구했던 그 총각 아닌가?"

"맞아요. 이제 기억하시네요."

업자는 더더욱 실소를 터뜨릴 수밖에 없었다.

월세로 원룸을 계약했던 청년이 10억을 호가하는 단독주택을 사겠다고?

이 대화는 무가치한 헛짓거리였다.

업자는 짜증이 치민 나머지 더 이상 재건을 상대하고 싶지도 않아졌다.

바로 그때.

출입문이 열리며 30대 초반의 젊은 부부가 안으로 들어왔다. 재건과 시선이 우연히 마주친 순간, 부부 중 아내는 두 눈을 반짝이고 있었다.

"어떻게 오셨습니까?"

"안녕하세요, 아까 전셋집 본다고 연락드렸던……."

"아아, 네. 어서 오세요, 이리 앉으세요."

업자가 반색하고 젊은 부부를 맞아들였다.

재건에게 보인 것과는 완전히 상반된 반응이었다.

업자는 정수기로 가 부부를 위한 커피를 타는 한편 재건에게 쏘아붙이듯이 말했다.

"요즘 단독 매물 없어요."

"하나도요?"

"네, 없습니다. 원룸 월세나 전세면 모를까. 거기, 메모장 있죠? 성함이랑 연락처 적어두고 가세요."

재건의 입가에 한가닥 조소가 올라왔다 사라졌다.

업자가 어떤 마음으로 자신을 대하고 있는 건지 은연중에 깨달았지만 내색하지 않았다. 불필요한 말다툼은 사양이었다.

"여기 적어뒀습니다. 그럼 수고하세요."

"네, 안녕히 가세요."

업자가 돌아보지도 않고 건성으로 대답했다.

전셋집을 구하러 온 젊은 부부 중 아내는 부동산을 나서는 재건을 돌아보고 있었다. 그녀는 내내 재건의 얼굴을 훔쳐보며 고개를 갸웃거리고 있었던 것이다.

"왜 그래, 자기?"

"여보야, 방금 나간 사람 있잖아. 어디서 보지 않았어?"

"글쎄. 나는 잘 모르겠는데……."

"아니야, 분명히 어디서 봤어."

남편이 중개업자와 계약에 관한 대화를 나누는 동안 그녀는 줄기차게 머리를 굴렸다.

"아!"

그러다 갑자기 소스라치게 놀라서는 핸드폰을 꺼내 들고

인터넷에 접속했다.

"여보야, 이거 봐!"

아내가 남편에게 핸드폰을 들이밀었다.

계약서를 확인하고 있던 남편은 핸드폰 화면에 뜬 사진을 들여다보고는 아내에게 되물었다.

"이거 자기 지난주에 산 책 작가잖아?"

"그래, 방금 있었던 그 남자가 이 작가였다니까?"

"에이, 설마. 그냥 닮은 사람이었겠지."

아내는 발끈해서 얼굴마저 붉혔다.

"아니야! 진짜 하재건이었어! 내가 똑똑히 봤어! 그 가슴에 안고 있던 고양이도 네이빈 사진에 나왔던 그 러시안 블루 맞았고!"

아내가 답답하다는 듯이 목소리를 높여도 남편은 좀처럼 믿지 못하는 눈치였다.

무슨 대화를 하는 건지 도통 이해할 수 없는 중개업자는 멀뚱히 그들을 쳐다보고만 있었다.

"이거 봐!"

아내가 테이블 구석의 메모장을 집어 남편에게 들이밀었다.

재건이 남기고 간 메모장이었다.

또박또박하게 적힌 하재건이라는 이름 세 글자를 보고서

남편은 입을 떡하니 벌렸다.

“진짜네……?!”

“아, 긴가민가해서 말도 못 걸었어! 지금 쫓아 나가면 근방에 있을까? 사인이라도 받고 싶단 말이야!”

지켜보고 있던 업자가 더 참지 못하고 물었다.

“방금 그…… 나간 총각이 뭐라도 하는 사람입니까?”

“하재건이라고 요즘 엄청 핫한 작가예요. 최근작만 100만 부가 팔렸어요.”

“며, 몇 부요? 100만 부?”

“네, 스무 살의 여름이라고 영화화까지 됐어요. 요즘 예고편 광고 엄청 때리고 있잖아요. 보신 적 없으세요?”

부부 중 아내가 핸드폰을 보여주었다. 업자는 하재건에 관한 검색 결과로 가득한 화면을 들여다보며 할 말을 잃었다.

‘스무 살의 여름’은 그도 알고 있었다.

최근 자신의 딸이 열심히 읽는 베스트셀러 소설이기에.

“표정 보니까 사장님도 아시나 보다. 이 작가, 돈 엄청 벌었을 거예요. 옷차림이 하도 수수해서 못 알아봤네.”

“아아아…… 자, 잠시만 나갔다 오겠습니다.”

업자가 문을 박차고 바깥으로 나섰다. 그는 쏟아지는 빗줄기를 온몸으로 받으며 황급히 주위를 두리번거렸다. 마침 갓길에 주차된 검은 차의 헤드라이트가 불을 밝힌 참이었다.

"자, 잠깐만요!"

업자가 헐레벌떡 차 옆으로 달려가 허리를 숙이고 섰다.

창문이 내려오면서 재건의 놀란 얼굴이 나타났다.

"무슨 일이세요, 사장님?"

"아이고, 제가 그만 감기 기운에 머리가 안 돌아서 착각했지 뭡니까. 단독 매물 여럿 있습니다, 네. 있고말고요."

업자는 맞잡은 두 손을 싹싹 비벼대기까지 하고 있었다.

최근 부동산 거래는 불황이 지속되고 있었다. 단독주택 중개 수수료는 결코 적지 않다. 그리고 상대에게는 구입할 여력이 충분하고도 남는다는 사실이 분명해졌다.

"조금 말미를 주시면 최고의 매물들로 보실 수 있도록 조속한 시일 내에 준비해서 연락을 드리겠습니다. 요청하신 대로 담이 높아 외부에서 잘 보이지 않는 단독도 포함해서 말입니다. 하루 만에 전부 보실 수 있도록 신경 쓰겠습니다. 맡겨만 주십쇼."

재건은 어처구니가 없었다. 부동산에서 나선 지 1분도 되지 않았다. 그사이에 무슨 일이 있었기에 거만하기만 하던 업자가 빗속에 우산도 없이 뛰쳐나와 굽실거리는 걸까.

"알겠습니다, 연락 기다릴게요."

재건은 더 캐묻지 않고 대화를 받아넘겼다.

이유야 어찌 됐든 나이 많은 업자가 비를 맞으며 고개를 조아리는 것을 운전석에 앉은 채로 대하기가 껄끄러웠다.

"일단 어서 들어가세요. 감기 기운에 이렇게 비 맞으시면 어떡해요."

"감사합니다, 이거 정말 감사합니다."

중개업자는 자리를 떠나지 않고 앵무새처럼 같은 말을 반복했다. 이쪽에서 먼저 떠나지 않고는 계속 서 있을 눈치여서 재건이 먼저 액셀을 밟았다.

"리카, 이야기 잘된 거겠지?"

"야옹."

원룸으로 돌아온 재건은 에어컨부터 틀고 문을 굳게 닫았다. 자연풍이 아쉬웠지만 두 번 다시 현관문을 열어둘 마음은 없었다. 방충망 설치비가 아까웠다.

BIG LIFE

"하 작가님, 러프 이대로 가면 될까요?"

"네, 부탁드릴게요."

"근데 정말 피곤하신 거 아니세요?"

"괜찮습니다."

그렇게 대답하는 재건의 모습이 소미에게는 전혀 괜찮게 보이지 않았다.

부천의 작가 사무실이었다.

재건과 소미는 '오스카의 던전'에 들어갈 삽화 시안 문제로 만난 참이었다.

'혈색이 너무 안 좋으신데……?'

간만에 본 재건의 모습은 한눈에도 걱정이 될 정도였다.

소미와 삽화에 관한 논의를 끝마치자마자 자신의 시나리오 집필에 매진하고 있었다. 안색이 온통 창백한 와중에 양쪽 눈 밑만 새까맸다. 야윈 열 손가락은 쉼 없이 타자를 두들기고 있었다.

다른 작가는 보이지 않았다. 현경은 일찌감치 친구를 보러 나섰고 민호와 은영도 영화를 보러 외출했다. 넓은 사무실에는 재건과 소미 두 사람뿐이었다.

'기왕 온 김에 여기서 끝내고 돌아가야지.'

재건은 식어버린 커피를 단숨에 들이마시고 새삼스레 각오를 다졌다.

시나리오 습작이 마무리되면 목전으로 다가온 게임 회사 강연 최종 준비에 돌입할 계획이었다.

이사 문제는 마음에 드는 단독주택 매물이 아직 없어서 단기간 내에 해결될 것 같지가 않았다.

'후우, 커피가 또 떨어졌네.'

재건이 빈 컵을 들고 자리에서 일어섰다.

바로 그 순간.

'으으음……?!'

아찔한 현기증이 재건을 덮쳐 왔다. 머리가 텅 비어버리는 동시에 눈앞이 새하얗게 뒤덮였다. 백색 소음이 양쪽 고막을 울리면서 재건은 그 자리에서 몸을 무너뜨렸다.

"하 작가님?!"

쿵.

바닥을 울리는 소리에 돌아본 소미는 기겁했다. 재건이 바닥에 철퍼덕 주저앉아서는 한 손으로 바닥을 짚고 있었다.

모로 기울어지는 그의 몸을 소미가 재빨리 받쳤다.

"괜찮으세요? 어디 안 좋으신 거예요? 네?"

"아니요, 아니…… 현기증이었어요. 갑자기 일어나서요."

재건은 부축하는 소미의 손길을 뿌리치고 일어서려 했다.

하지만 아직 제 기능을 되찾지 못한 두 다리가 말을 듣지 않았다. 흐느적거리는 재건을 보고 있자니 소미는 기가 막혔다.

"하 작가님, 정말 죄송하지만 오지랖 한 번 부려야겠어요. 건강 관리 안 하실 거예요?"

"아아, 이건……."

소미는 재건이 변명을 시도할 틈을 주지 않았다.

"글도 좋지만 이게 뭐예요? 하 작가님도 몸이 무기잖아요.

몸 상하면 글을 어떻게 쓰려고 이렇게 끝도 없이 달리시는 건데요?"

"……."

"아침은 드셨어요?"

"그럼요."

"뭐 드셨는데요?"

"그냥 밥이요."

"그냥 밥이 무슨 밥인데요? 어떻게, 무슨 반찬이랑 드셨는데요?"

소미가 속사포처럼 연달아 다그쳤다.

재건은 말문이 막혔다. 사실 어젯밤부터 커피 말고는 제대로 먹은 음식이 없었다. 시나리오 집필에 과하게 몰입한 나머지 식욕마저 잃었다.

한동안 침묵이 일었다. 현기증이 그치고 안정이 되돌아왔지만 재건은 일어서지 못하고 있었다.

이윽고 눈앞의 소미는 무릎 꿇었던 두 다리를 모로 비스듬히 고쳐 앉더니 넌지시 물었다.

"언젠가 작가 모임에서 같이 돌아올 때 말씀하신 거 기억나세요?"

"글쎄요……."

"지하철이 좋다고 하셨어요. 이런저런 사람들을 보면 다

글감이 된다고. 택시 뒷좌석에서는 볼 수 없는 온갖 소재가 지하철에는 넘쳐 난다고요."

재건은 가만히 이야기를 들었다. 소미에게 이런 말을 했었는지 기억이 가물가물했다.

"전 그때 감동했어요. 일상 속에서도 좋은 글을 쓰시기 위해 항상 공부하시는 그런 모습이요. 그런 것도 작가의 일이잖아요. 몇 날 며칠 밤새서 키보드를 두드리는 것만이 작가의 일 전부가 아니잖아요."

거기까지 말하고 난 소미가 숨을 훅 하고 삼켰다. 코끝이 빨개진 얼굴을 살며시 숙이며 그녀는 나직이 말을 이었다.

"모든 일엔 휴식이 필요해요. 예전부터 말씀드리고 싶었어요. 제발 건강에 신경 쓰세요."

열어둔 창문을 통해 한 줄기 바람이 흘러들었다. 어깨 위로 늘어뜨린 소미의 머리칼이 바람에 흩날렸다. 재건의 코끝으로 소미의 체취가 날아들었다. 부드러우면서도 어딘지 모르게 그리움이 묻어나는 향기였다.

"여행 다녀오시는 건 어떠세요? 여름이잖아요. 바다라도 보시면 몸도 마음도 좋아질 거예요."

이어지는 소미의 말에 어렴풋이 깨달을 수 있었다. 이건 오래도록 보지 못한 바다의 향기였다.

재건은 고개를 들고 시선을 맞췄다. 끝없이 푸르른 바다가 소미의 두 동공에 가득 펼쳐져 있었다. 거대한 바다 앞에서, 재건은 비로소 자신이 얼마나 지쳐 있었는지를 실감했다.

BIG LIFE

"엄마, 맥반석 오징어 여기서 파네."

"맛있겠다. 감자도 하나 먹자."

영동고속도로변에 위치한 휴게소는 수많은 인파로 북적였다.

재인과 명자 모녀도 이들 틈에 섞여 있었다.

"얘, 재인아. 재건이 토스트 하나 사다 줄까?"

"도착해서 밥 먹어야지. 토스트 말고 와플 사자, 엄마."

모녀는 간식거리를 잔뜩 사 들고 차로 돌아왔다. 리카를 무릎에 앉힌 채 가볍게 졸고 있던 석재가 눈을 떴다.

"여보, 감자 하나 드셔."

"거 도착하면 밥 먹을 건데 뭘 이렇게 많이……."

말은 그렇게 하면서도 감자 한 알을 집어 입에 넣는 석재였다.

온 가족이 함께 떠나는 여행은 실로 오래간만이었다. 명자와 재인 모녀는 특히나 들떠 있었다.

"재건이는 어디 갔어?"

"화장실 간 모양인데?"

석재가 그렇게 대답할 때 재건은 화장실에서 나오고 있었다. 천천히 걸음을 내딛는 그의 표정이 밝지만은 않았다. 끝내지 못한 시나리오가 자꾸만 마음에 걸리는 까닭이었다.

'괜히 여행을 서둘렀나.'

가족 여행을 하게 된 건 소미의 일침 때문이었다.

며칠간 일에서 떠나 지친 몸과 마음을 회복할 생각으로 여행을 결심했다. 하지만 막상 출발하고 나니 벌써부터 마음이 초조했다. 당장 노트북을 꺼내 시나리오를 쓰고 싶은 충동이 운전하는 내내 열두 번도 더 들었다.

'잊자, 잊어. 기왕 하게 된 여행인데.'

재건은 잡념을 떨쳐 내듯 고개를 세차게 내저었다.

자꾸 이렇게 고민해서야 여행을 떠나는 보람이 없다. 여행하는 동안만큼은 죄다 잊어버리자고 새삼 다짐하면서 그는 차로 돌아왔다.

"벌써 오셨어요?"

재건이 운전석에 올라타며 물었다.

조수석에 앉은 재인은 그의 입에 오징어 다리 하나를 쏙 넣어주었다.

"감자 먹을래? 아님 와플도 있어."

"됐어. 도착하면 밥 먹을 건데 뭘 이렇게 많이 샀어?"

"넌 어떻게 아빠랑 한 글자도 안 다르고 똑같이 말하냐? 밥 배랑 간식 배는 따로 있으니까 괜찮아."

"어련하시겠습니까. 자, 다시 출발할게요."

시동이 걸린 차가 휴게소를 빠져나와 고속도로를 달리기 시작했다.

목적지는 동해시였다. 도착까지 얼마 남지 않았음을 내비게이션이 알려주고 있었다. 숙박은 소미의 부모님이 운영하는 민박집으로 예약해 두었다.

"와, 바다 보인다!"

재인이 창밖을 바라보며 탄성을 토했다.

갓길 너머로 푸른 융단을 깔아놓은 듯한 바다가 끝도 없이 펼쳐져 있었다.

재건은 웃으며 달리는 차의 속도를 약간 높였다.

"표지판 나왔다. 저쪽이 묵호래."

"민박집 찍었으니까 내비게이션 보고 가면 돼."

차가 톨게이트를 지나 동해시에 진입했다.

내비게이션의 노선을 따라 얼마간 더 달린 끝에 재건은 한 건물 앞 주차장에 차를 세웠다. 3층짜리 건물 중앙에는 '늘푸른 민박'이라는 간판이 붙어 있었다. 도로 건너편으로는 드넓은 바다가 가로놓여 있었다.

"혹시…… 작가 선생님이세요?"

건물 앞 화분에 호스로 물을 뿌리고 있던 중년 여자가 다가와 넌지시 물었다. 소미와 꼭 닮은 그녀의 얼굴을 보고 재건은 웃으며 대답했다.

"네, 안녕하세요. 하재건이라고 합니다. 소미 씨 어머님 되시죠?"

"아이고, 선생님 딱 알아보시네. 딸애가 워낙 저를 쏙 빼닮아서, 호호호! 어서 오세요."

소미의 어머니는 즉시 화분에 물을 주던 일을 그만두고 재건 가족을 안으로 맞아들였다. 3층으로 안내하면서 그녀는 기쁜 듯이 말을 이었다.

"소미한테 얘기 많이 들었어요. 혼자 서울 생활하느라 힘들었는데 선생님 도움 정말 많이 받는다고 통화할 때마다 말을 안 한 적이 없어요. 글도 참 잘 쓰시고 성격도 너무 좋으신 분이라고도 했고요."

"민망하네요. 소미 씨가 절 너무 좋게 봐 주시는 것 같아요."

소미의 어머니가 안내해 준 3층은 한 세대만 사용하는 만큼 넓은 평수를 자랑하고 있었다. 거실은 널찍했고 방은 3개에 화장실도 2개였다. 테라스에서는 바다가 훤히 내다보였다.

"그럼 편히 쉬세요. 불편한 게 있으시면 언제든지 말씀해

주시구요."

"네, 정말 고맙습니다."

짐을 푼 재건 가족은 소미의 어머니가 일러준 횟집으로 가서 모둠회와 물회, 매운탕까지 시켜 든든한 점심을 먹었다.

배를 채운 다음에는 동해시의 도심에 위치한 천곡 동굴을 구경했다.

"와, 엄청 추워. 이래서 사람들이 동굴 앞 바람 나오는 곳에 다 모여 있었구나."

"엄청 신기하네. 어떻게 도심 한가운데에 동굴이 있대?"

하지만 신이 나서 관광을 즐기는 가족들과 달리 재건의 표정은 내내 굳어 있었다. 아무리 잊으려고 해도 끝내지 못한 시나리오가 자꾸만 눈앞에 떠오르는 것이었다.

찝찝한 기분이 좀처럼 사라지지 않았다.

"재건아, 너 왜 그래? 컨디션 안 좋아?"

"아냐, 누나. 잠깐 생각 좀 했어."

재건 가족은 드라마 촬영지로 유명한 촛대바위까지 둘러보고 나서 저녁을 먹고 숙소로 돌아왔다.

피곤한 가족들은 10시가 채 되지 않아 잠자리에 들었다.

재건은 조용히 숙소를 빠져나왔다. 부산스러운 마음을 혼자서 조용히 정리하고 싶어서였다.

건물 앞에서 한 중년의 남자가 러닝셔츠에 반바지 차림으로 담배를 피우고 있었다. 문을 열고 나오는 재건을 보자 그는 급히 담배를 비벼 끄고는 인사를 해왔다.

"작가 선생님 맞으시죠? 저, 소미 애비 되는 사람입니다."

"아아, 네. 안녕하세요. 하재건이라고 합니다."

"어떻게 좀, 불편하신 점은 없으신지요? 필요하신 게 있으면 뭐든지 말씀하세요."

"더 바랄 게 없을 정도로 완벽합니다."

"어디 가시려고요?"

"밤바다 좀 보고 싶어서요. 어달 해변까지 걸어서 갈 만할까요?"

"저쪽으로 한 15분만 걸어가시면 나옵니다. 어달이 한적해서 밤바다 보기 좋습니다. 다녀오세요."

"네, 고맙습니다."

소미의 아버지 말대로 15분을 조금 넘게 걸으니 해변이 나왔다.

재건은 편의점에서 구입한 커피를 홀짝이며 해변의 모래 한곳에 엉덩이를 깔고 앉았다. 꽤 많은 관광객이 모래사장 곳곳에 돗자리를 깔고 앉아 밤바다를 즐기고 있었다.

'…….'

재건은 출렁이는 검은 물결을 바라보며 상념에 잠겼다.

실로 오랜만에 코앞에서 접하는 바다는 여러모로 생각할

거리를 그에게 던져 주고 있었다.

10분, 20분, 30분, 1시간…….

재건은 지루할 줄도 모르고 바다를 응시했다.

쓰지 못한 시나리오에 관한 걱정이 조금씩 희미해졌다.

긴장과 초조함으로 항시 굳어 있던 전신의 근육이 이완되고 있었다.

그리고 잠시 후…….

귀가 열리면서 주변의 목소리가 들려오기 시작했다.

"당신이랑 둘이 오니까 너무 좋다. 얼마만의 여행인지."

"오바마! 오빠가 바래다줄게, 마셔!"

"수정이, 너! 물가로 가지 말라고 엄마가 몇 번을 말해! 밤엔 안 보여서 위험하다니까!"

"자기야, 우리 결혼하면 동해에서 살까? 매일 바다도 보고 엄청 좋을 것 같아. 여기서 직장 잡자."

재건의 입가에 한줄기 미소가 일었다.

그는 바다를 가득 담고 있던 두 눈을 내리감은 채 들려오는 소리에만 집중했다.

수많은 사람의 목소리와 함께 귓가를 울리는 파도 소리가 한층 강렬해졌다.

'이런 걸 잊어버리고 있었어.'

컴퓨터 앞에 앉아 타자를 두드리는 것만이 작가의 전부가 아니었다. 글에 녹여낼 자양분을 만들어 두기 위해 많은 것을 보고, 듣고, 느끼는 것. 나아가 언제라도 글을 쓸 수 있도록 몸과 마음을 건강하게 유지하는 것.

글을 쓰는 행위만큼이나 중요한 이 모든 것을 잊고 지내왔다.

재건은 몸을 돌보지 않고 초조하게 달려오기만 했던 지난날을 돌아보며 반성했다.

'저 얘기는 재밌네.'

재건이 주머니에서 메모장과 펜을 꺼내 들었다.

직업병은 어쩔 수가 없었다.

본의 아니게 엿듣고 있는 주변의 대화에서 글감이 될 만한 얘기들이 오가고 있었던 것이다.

사람들의 재미있는 말투와 이야기들이 메모장에 깨알같이 새겨졌다.

재건은 진심으로 작가로서의 관광을 즐기고 있었다.

'오지랖 고마웠어요, 소미 씨.'

어느 순간 떠오른 소미의 얼굴을 향해 재건은 속으로 감사의 말을 건넸다.

그녀의 일침이 아니었다면 올해 여름도 여행은 없었으리라.

새로운 깨달음을 얻은 공은 온건히 그녀의 몫으로 돌리고 싶었다.

'맥주나 한 캔 마실까.'

밤바다가 좋아서 술 한잔을 가볍게 마시고 싶어졌다.

재건은 메모장을 주머니에 넣고 자리에서 일어섰다.

몸을 뒤로 빙글 돌린 순간, 그는 그대로 석상처럼 굳어버렸다.

"소미 씨……?"

눈앞의 소미가 혀를 쏙 내밀어 보이며 웃고 있었다. 양어깨가 드러난 민소매 티셔츠에 청반바지, 그리고 슬리퍼를 신은 편안한 복장이었다.

"히힛, 놀라셨죠?"

"이게 어떻게 된 거예요?"

"내일부터 주말이니 회사도 쉬잖아요. 하 작가님이랑 가족분들 편하게 저희 집에서 묵고 계신지 신경이 쓰여서 견딜 수가 있어야죠."

"서울에서 미리 말씀을 하시지. 그럼 제 차로 같이 오실 수 있었잖아요."

"사실 예정에 없었는데 갑자기 엄마가 보고 싶다고 부르셔서 겸사겸사 오게 된 거예요."

소미가 재건의 어깨 너머로 눈짓을 보내며 물었다.

"어떠세요? 바다 보시니까 좋죠?"

"네, 정말 좋네요. 여기 와서 느낀 점이 많습니다."

소미는 의기양양하게 가슴을 펴면서 말을 받았다.

"그것 보세요. 제 말 들으셔서 손해 보실 거 하나도 없다니까요? 하 작가님은 정말 힐링이 필요하셨어요."

"서울 돌아가면 앞으로는 규칙적으로 생활해 보려고 해요."

"잘 생각하셨어요. 이제 들어가시려고요?"

"바다가 좋아서 좀 더 있으려고 해요. 맥주라도 한잔할까 하고 일어났던 거예요. 같이 한잔하실래요?"

"네, 좋아요."

재건은 소미와 나란히 길 건너의 편의점으로 발길을 향했다.

편의점 문을 열고 안으로 들어서던 소미는 덩치 큰 남자와 실수로 어깨를 가볍게 부딪혔다.

"앗, 죄송합니다."

"제가 못 봤네요. 죄송해요."

덩치 큰 남자는 험상궂은 생김새와 달리 고분고분 소미에게 사과했다. 머리도 짧아서 영화에서 본 조직폭력배와 비슷한 인상이었다.

'으음……?!'

거구의 남자와 아담한 소미가 시야에 함께 들어온 순간.

한 가지 상념이 빛살처럼 재건의 뇌리를 관통했다.

새로운 이야기의 두 주인공이 머릿속에서 빠르게 생성되

고 있었다.

'범죄를 저지르고 사람들의 눈을 피해 바닷가로 도망쳐 온 조폭……! 그리고 화려한 도시 생활을 동경하는 바닷가 소녀……! 이거다!'

재건이 자기도 모르게 주먹까지 불끈 쥐었다.

이번에도 뮤즈라는 존재는 전혀 예기치 못한 순간에 찾아왔다.

지금 쓰는 시나리오 습작은 말 그대로 습작이었다.

형식을 체득하는 것이 주요 목적이었기에 만족스럽지 못한 이야기로 글을 꾸려가고 있었다.

이런 와중에 제대로 된 시나리오로 써낼 만한 글감이 떠오른 것이다.

소미와 부딪힌 웬 거구의 사내 덕분에.

"작가님? 갑자기 왜 그러세요?"

"소미 씨, 저 잠깐 노트북 좀 가지러 갔다 올……."

재건이 말을 하다 말고 스스로 입을 다물었다.

조금 전 바닷가에서 했던 결심은 어디가고 또 일을 하려고 했다니…….

스스로를 향한 경계심이 바싹 돋아났다.

"아니, 아무것도 아니에요."

재건은 황망히 뒷머리를 긁적이며 안주 코너로 몸을 옮

졌다. 창밖으로 보이는 바다를 다시금 눈에 담으며 그는 마음을 다잡았다.

'내 정신 좀 봐. 쉬자……. 쉬기로 했다. 나 여행 온 거다.'

여기서 노트북을 잡았다간 집에 돌아갈 때까지 손에서 놓지 못할지도 모른다.

재건은 여행이 끝날 때까지 절대 노트북을 꺼내지 않기로 단단히 각오를 굳혔다.

'이 정도 메모는 괜찮겠지.'

재건은 메모장을 꺼내 방금 떠오른 두 주인공에 관해서만 짤막하게 메모했다.

그리고 소재가 되어준 조폭 같은 사내의 널찍한 등에 대고 속으로 감사했다. 더불어 열심히 맥주와 안주를 고르고 있는 소미에게도.

38장
작가님 광팬입니다

여러모로 얻은 것이 많았던 여행이었다.

달리기만 하느라 놓쳐 버린 것들을 되돌아볼 수 있었고, 제대로 쓰기 시작할 시나리오의 스토리까지 획득했다.

새까맣게 탄 재건의 얼굴에서는 건강한 기운이 흘러넘쳤다.

"아버지, 어머니. 들어가세요. 누나도 푹 쉬어."

"운전 조심히 하면서 올라가."

재건은 가족들을 수원 본가에 내려준 다음 리카와 둘이서 서울의 원룸으로 돌아왔다.

시계를 보니 밤 8시가 넘어가고 있었다.

'일은 내일부터다.'

글쓰기도 노동이다.

이번 여행에서 확실히 작정한 부분이 있었다. 적어도 타자를 두드리며 글을 쓰는 시간만큼은 길어도 하루 8시간을 넘기지 않기로 결정했다.

'내일부터 직장인처럼 작가 사무실로 출근해야지. 오전 9시부터 저녁 6시까지. 점심을 먹는 1시간을 빼고 하루 8시간……. 굿!'

오래 운전을 했더니 피곤했다.

재건은 일찌감치 잠자리에 들려고 샤워하고 옷을 갈아입었다. 에어컨을 적당한 온도로 맞춰 놓고 침대에 누웠을 때, 명석으로부터 전화가 걸려왔다.

"네, 편집장님."

–안녕하세요, 선생님. 잘 지내시나 해서 안부차 연락드렸습니다. 별고 없으시죠?

"잘 지내고 있습니다. 안 그래도 연락드리려던 참이었어요. 저 새로 장편소설 구상했는데 이번에도 편집장님이랑 계약하고 싶어서요."

–아, 정말이세요?

"네, 여행하다가 시나리오용으로 스토리 하나를 구상했거든요. 이번에도 영화화가 될 거란 보장은 없지만, 어쨌든 이걸 소설로 먼저 출간하고 싶어요. 우선 시나리오가 완성된 후에 소설화할 생각입니다.”

—그렇게 해주시면 저야 더할 나위 없이 좋지요. 선생님의 작품이라면 내용을 확인하지 않고도 선인세로 1억 원 입금해 드릴 수 있습니다. 하하하.

명석은 웃음까지 터뜨리며 좋아했다.

베스트셀러가 된 ‘스무 살의 여름’은 한동안 인기 몰이를 지속할 터였다. 이러한 상황에 평균 이상의 품질을 가진 차기작을 연달아 내주면 좋은 반응이 안 나올 수가 없다.

“그럼 얼개가 잡히는 대로 원고 보내드리겠습니다.”

—네, 선생님. 피곤하실 텐데 일찍 쉬세요.

전화를 끊은 재건은 대자로 몸을 펴고 벌러덩 누웠다.

리카가 침대로 올라와 그의 팔을 베고 웅크렸다.

둘은 누가 먼저랄 것도 없이 깊고도 편안한 잠에 빠져들었다.

BIG LIFE

부천 오피스텔 작가 사무실.

민호는 커튼 사이로 비집고 들어오는 햇살에 눈을 떴다. 습관처럼 시선이 향한 벽시계는 아침 8시를 가리키고 있었다.

'일어나는 시간이 조금씩 늦어지네.'

건강을 위해서 규칙적인 생활을 하려고 노력하고 있지만 좀처럼 지켜지지 않았다. 글에 열중하다 보면 1~2시간씩 취침 시간이 뒤로 밀려나는 것이다.

민호는 서둘러 침대에서 몸을 일으켰다.

더 자고 싶었지만 그럼 내일은 9시가 넘어서 일어나게 될 것 같았다.

"장은영! 일어나!"

민호가 닫힌 방문을 두드리며 말했다.

잠에 찌든 목소리로 대답이 돌아오자마자 그는 주방으로 가 아침 식사를 준비했다. 이번 주는 민호가 식사 당번이었다.

"하아암, 메뉴 뭐야?"

"계란프라이, 콩나물국, 콩자반, 김치."

대답하며 은영을 돌아본 민호는 몸을 흠칫 떨었다.

잠옷을 겸한 그녀의 복장 때문이었다.

어깨와 가슴골까지 드러나는 하얀색 민소매 티셔츠에 하의는 분홍색 핫팬츠였다.

"왜 그렇게 봐? 내 얼굴에 뭐 묻었나?"

"야, 너 옷 좀 신경 써야 되는 거 아니냐."

"내 옷이 어때서?"

"노출이 좀 과하다는 생각 안 드냐고."

민호가 툴툴거리며 그릇에 밥을 펐다.

은영은 쿡쿡 웃으며 식탁 의자를 빼고 앉아서는 대답했다.

"더운데 어떡해, 그럼."

"방에서야 괜찮지만 나올 때는 신경을 쓰란 말이야."

"알았어, 그만. 내일까지 현경이도 없어서 편하게 입고 있었던 거야."

"나는 사람도 아니냐?"

"형이 언제 이런 거 신경 썼어? 우리가 원데이 투데이 본 것도 아니고."

민호는 혀를 끌끌 차며 식탁에 밥그릇을 내려놓고 맞은편에 앉았다.

은영은 즉시 양반다리로 고쳐 앉고는 부지런히 숟가락을 놀리기 시작했다.

"맛있다, 형. 콩자반은 어디서 배웠대?"

"네가 옛날에 가르쳐 줬잖아, 나 종로에서 자취할 때."

"……그랬었나?"

은영이 멍해진 얼굴로 과거의 기억을 훑었다.

제대 직후 민호는 종로에서 아르바이트를 하면서 자취를 했었다. 당시 은영도 결혼 전이었고 곧잘 자취방에 놀러가 함께 글을 쓰고 밥도 해먹으며 놀곤 했었다.

"어쩐지 콩자반 맛이 내가 한 거랑 똑같더라."
"멍청이."
"누구더러 멍청이래? 바보가."
식사를 마치고 두 사람은 테라스로 가서 커피를 마셨다.
은영은 한동안 민호를 힐끗거리며 눈치를 살피더니 넌지시 물었다.
"형은 계속 작가 사무실에 있을 거야?"
"힘닿는 데까진 붙어 있어야지."
민호가 고민도 없이 즉시 대답했다.
"이렇게 좋은 집에서 월세도 안 내고 산다는 게 얼마나 큰 축복이냐? 먹고살려면 어떻게든 글은 계속 써야 하는 인생이고. 난 여기서 적어도 원룸 전세금은 모을 생각이다."
"그렇게 목돈 모은 다음엔?"
"다음엔? 으음…… 그건 뭐……."
민호가 헝클어진 머리를 쓸어내리며 어물거렸다.
"뭐, 좋은 여자 만나서 연애하고 결혼이나 해볼까."
지나가듯 한 소리에 은영의 얼굴에서 핏기가 살짝 빠져나갔다.
하지만 그녀는 이내 평소의 표정을 되찾고 태연한 듯 웃으며 말을 받았다.
"그래, 좋겠지. 형 나이가 벌써 서른다섯인데."

"근데 갑자기 이런 건 왜 묻는데? 너 나가고 싶어?"

은영이 한숨을 내쉬며 고개를 가로저었다.

"그럴 리가 있겠어? 나도 있을 수 있을 때까진 있고 싶지. 그냥 언제까지 있을 수 있는지 보장이 없으니까. 만약 형이나 나나 사무실에서 나가게 될 일이 생기면 그담엔 어떡해야 할지 그런 걱정 좀 했거든."

"걱정도 팔자다. 이거 하 작가님 사무실이야. 넌 쓸데없는 걱정하지 말고 지금껏 해온 것처럼 열심히 글이나 써."

민호의 대답이 끝나자마자 신호음과 함께 현관문이 열렸다.

리카를 안고 들어서는 재건을 보고 두 사람은 동시에 두 눈을 동그랗게 떴다.

"하 작가님, 어쩐 일이세요?"

"안녕하세요. 저랑 리카 오늘부터 사무실로 출근합니다."

재건이 리카를 바닥에 내려놓으며 말을 이었다.

"작가님들과 더불어 규칙적으로 생활해 보려고요. 건강 챙겨야지 이대로는 조만간 훅 가겠더라고요."

은영이 웃으며 한 걸음 나섰다.

"잘 생각하셨어요. 안 그래도 항상 하 작가님 작업하시는 거 보면서 느꼈는데, 그거 반만 따라했다가도 제 명에 못 살겠더라고요."

"하하, 네……."

재건이 멋쩍게 웃으며 은영으로부터 시선을 피했다.

민호가 팔꿈치로 은영의 허리춤을 툭 건드렸다. 그제야 은영은 자신의 복장을 내려다보더니 옷을 갈아입으러 제 방으로 황급히 사라졌다.

"이제 곧 스무 살의 여름도 개봉되겠네요."

자리에 앉는 재건에게 민호가 말을 붙였다.

민호는 아직 영화를 보지도 못했고 아무런 악의가 없는 질문이었지만, 재건은 무심코 양쪽 광대에 경련을 일으켰다.

"네, 그렇죠."

재건은 노트북 전원을 켜며 태연하게 대답했다.

스스로 느낄 수 있었다. 시사회에서 영화를 보고 받았던 충격이 아직 다 가시지 않은 것이다.

'어차피 지난 일이야. 오늘부터 잘하면 된다.'

몸과 마음을 챙기기 위해 출근한 첫날이다. 잡념일랑 일제히 떨쳐 버리고 좋은 기분으로 시작하고 싶었다.

재건은 마음을 다잡으며 워드 프로그램을 실행시켰다.

동해에서 획득한 소재로 시나리오를 쓸 생각이었다.

'오스카의 던전'은 소미의 삽화가 4권 분량까지 완성된 이후 1, 2권을 동시에 출간하기로 돼 있었다. 따라서 아직도 여유가 있었다.

'제목을 뭐라고 짓지…….'

범죄를 저지르고 동해로 도망쳐 온 깡패, 그리고 도시를 동경하는 동해 토박이 소녀의 만남.

이 이야기에 붙일 좋은 제목이 필요한 시점이었다.

커피 한 잔을 마시는 내내 아무리 생각해도 좀처럼 좋은 제목이 떠오르지 않았다. 이대로는 온종일 제목만 생각하다 하루가 다 가버릴 것 같았다.

결국 재건은 '깡패의 바다'라는 직관적인 어구로 제목을 정하고 집필을 개시했다.

'나쁘진 않은데.'

정오가 다 되도록 쓰던 도중 재건은 홀로 웃었다.

쫓기는 사람처럼 타자만 두드려 대던 때와는 달리 느껴지는 것이 많았다.

좁다란 원룸보다 두말할 나위가 없이 쾌적한 공간, 넓은 테라스를 통해 아낌없이 흘러드는 햇살, 기분을 적당히 고취시키는 다른 작가들의 타자 두드리는 소리까지.

모든 것이 편안했다.

"하 작가님, 점심 드셔야죠."

"네, 뭐 시켜 먹을까요?"

"제가 밥 차려드리겠습니다. 이번 주는 제가 당번입니다."

"하하하, 네. 그럼 부탁드릴게요."

세 사람은 식탁에 둘러앉아 점심을 먹었다.

재건은 묵묵히 밥을 먹으며 앞으로의 일정을 생각했다.

'출퇴근하면서 시나리오 쓰고, 다음 주에 도서관에서 먼저 강연 있고, 그다음에 조이엠 강연 있고……. 오 편집장님은 그 뒤에 소설 완성시키고 나서 뵈면 되겠고.'

강연할 자료는 이미 완벽하게 갖춰져 있었다. 생각을 끝낸 재건은 마음 편하게 식사를 마쳤다.

"어머, 이 블로거 진짜 하 작가님한테 지극 정성이다."

핸드폰을 들여다보며 밥을 먹고 있던 은영이 중얼거리듯이 말했다.

재건은 자신이 언급되었기에 흥미를 느끼고 물었다.

"뭔데요?"

"장르 소설을 전문적으로 다루는 블로거인데요. 하 작가님 작품만 특별대우예요. 아예 따로 카테고리까지 만들어 두고 모든 작품을 권별로 상세하게 리뷰까지 해놨다니까요. 한번 보실래요?"

재건은 은영이 건넨 핸드폰을 받아 들었다.

내용을 보니 그녀의 말은 허언이 아니었다. 누가 봐도 풍천유의 열렬한 팬임을 단박에 느낄 수 있는 블로그였다.

블로그 이름은 재건의 소설 제목에서 따온 '페젤론'. 심지어 배경은 지금껏 재건이 출간한 책 표지들로 이루어져 있었다.

'뭐야, 내 데뷔작부터 봤어?'

게시판을 훑어보던 재건이 놀란 두 눈을 가늘게 떴다.

자신의 데뷔작에서부터 그다음 작품에 이르기까지 흥행에 실패했던 모든 작품을 실제 책 인증 사진과 함께 정성껏 리뷰하고 있는 것이 아닌가.

심지어 리뷰를 올린 시기를 보니 당시 출간했던 해당 연도였다. 흥행한 이후 전작을 찾아서 읽은 게 아니라 그 당시부터 자신의 책을 읽어왔다는 얘기다.

댓글란을 보니 여러 방문자의 질문 댓글도 보였다. 최고의 흥행작인 '더 브레스'를 읽고 찾아든 독자가 가장 많았다.

이런 작품도 있었냐는 그들의 질문에도 일일이 답변이 달려 있었다.

—풍천유 작가님의 데뷔작입니다. 중학교 때 이거 읽느라 시험도 망쳤었죠.

—다소 무겁긴 하지만 갓작입니다. 왜 이런 작품이 당시에 뜨지 못했는지 지금까지도 저에겐 미스터리일 뿐입니다.

칭찬일색의 답변 댓글들을 읽으며 재건은 내심 크게 감동했다. 오래전부터 보이지 않는 곳에서 조용히 자신을 응원해

준 독자가 있었던 것이다.

100만 부의 판매고를 올린 작품으로 영화화까지 성공한 초대형 작가가 되었지만, 얼굴도 모르는 한 독자의 소소한 응원 앞에서 가슴이 또 먹먹해지고 마는 것이었다.

'이 사람도 글을 쓰네?'

계속 살펴보던 재건은 블로그 주인이 쓰고 있는 판타지 소설의 링크를 발견할 수 있었다. 링크를 누르자 연재 사이트 문피앙으로 연결되었고, '무신 매니지먼트'라는 제목의 소설 연재 목록이 떠올랐다.

"아, 이거 장 작가님 핸드폰이죠. 죄송합니다."

재건은 은영에게 핸드폰을 돌려주고 자신의 노트북으로 '무신 매니지먼트'를 읽기 시작했다.

과거 잘나갔던 태권도 선수가 기연을 얻어 승승장구하는 현대 배경의 판타지 소설이었다.

'이 정도면 가능성 있어.'

성적은 좋은 편이 아니지만 글에서 감칠맛이 꽤나 묻어났다. 주변에 이끌어줄 사람이 있다면 빠르게 성장할 가능성이 충분하다고 여겨지는 글이었다.

'나도 좋고 권 대표님도 좋은 일이지.'

재건은 고민 끝에 페젤론에게 쪽지를 보냈다. 자신의 열성적인 팬이기도 하기에 작게라도 보답하고 싶었다.

쪽지를 보내고 난 뒤에 얼마나 지났을까.

까똑!

재건의 부른 배가 채 꺼지기도 전에 페젤론으로부터 메시지가 날아들었다.

-히이이익! 정말로 풍천유 작가님 맞으세요?!

-안녕하세요. 풍천유 맞습니다. 연락 금방 주셨네요.

-와아아아악! 진짜 믿을 수가 없어서 하, 손이 자꾸 떨려서 오타가 나려고 하네요. 아 진짜 쪽지 받자마자 기절할 뻔했어요. 저 풍천유 작가님 광팬입니다! 진짜 좋아해요! 전부 10번씩 읽었어요! 작가님 책 읽고 저도 판소 쓰기 시작했고요! 아아아아아아!

텍스트만으로도 상대의 함성이 고막에 울리는 느낌이었다.

재건은 웃으며 답장을 적었다.

-무신 매니지먼트를 다 읽었는데 좋은 부분이 많이 보이네요. 아직 계약하신 상태 아니시죠? 글 조금 다듬으신 다음에 제 작품 나가고 있는 래프북스와 작업해 보시는 건 어떠세요?

-아아;;;;;;;; 어떡하죠. 사실은 해태미디어와 벌써 계약을 하기로 대화가 됐어요. 이따가 만나기로 해서 나갈 준비하는 중이에요.

'해태미디어?'

해태미디어란 대답에 재건은 무심코 눈살을 찌푸렸다.

멋모르는 신인들과의 계약을 후려치기로 유명한 마종구가 실장으로 앉아 있는 회사다.

걱정이 들지 않을 수가 없었다.

-실례지만 계약 조건 여쭤 봐도 되겠습니까?

-그럼요, 풍천유 작가님이신데요. 종이책 인세 6%에 전자책은 5 대 5로 하기로 했어요. 신인인데 아주 잘해주는 거라고 하시더라고요.

"……."

재건은 어처구니가 없어서 헛웃음을 나직이 내뱉었다. 프로모션도 제대로 해주지 않을 것이 뻔한데 5 대 5라니.

역시나 이번에도 후려치려는 것이다.

-담당자 성함이 어떻게 되죠?

-네, 박경수 대리님이라고 하시던데요.

재건은 화면을 두드리던 손가락을 멈추고 생각에 잠겼다.

여기서 자신이 나서면 꿈 많은 신인 작가의 데뷔작을 구원

할 수 있게 된다. 성가신 일이 생길까 조금은 심란한 기분도 들었지만, 재건은 결국 도움의 손길을 뻗기로 했다.

오래도록 자신의 열렬한 팬이었던 노고에 보답하기 위해서라도.

BIG LIFE

"정말 잘 판단하신 겁니다, 이연우 작가님."

도심 한곳에 위치한 아담한 카페.

해태미디어 박경수 대리와 신인 작가 이연우가 마주앉아 있었다. 제대하고 얼마 지나지 않은 연우는 짧은 머리에 잔뜩 긴장한 표정이었다.

"이연우 작가님은 이제 데뷔하시는 신인이시니까요. 요즘처럼 판소 시장 불경기에 정말 조건 좋게 잘 챙겨드리는 겁니다. 저, 이 작가님 이만큼 챙겨드리느라고 회사 돌아가면 혼나게 생겼습니다."

경수는 웃는 얼굴로 감언이설을 술술 늘어놓았다.

회사로 돌아가서 혼날 까닭이 없었다. 그는 지금 종구로부터 받은 지시대로 연우를 꼬드기는 중이었다.

"네에, 정말 감사합니다. 제가 아직 어리고 경험도 없는데 정말 친절하세요."

연우가 멋쩍게 웃으며 답했다.

'무신 매니지먼트'는 수없는 습작을 엎은 끝에 제대로 연재하기 시작한 소설이었다.

성적이 썩 좋지 않았지만 소수라도 읽어주는 독자들이 있어서 힘이 났다. 그런 와중에 해태미디어로부터 계약 제의가 날아왔던 것이다.

연우가 고민도 하지 않고 해태미디어의 제의에 응했던 이유는 딱 하나였다.

자신이 가장 좋아하는 작가인 풍천유의 페젤론 시리즈가 출간된 출판사라는 사실 하나 때문이었다.

'후후후, 이제 슬슬 계약서를 꺼내볼까.'

경수의 가슴 안에서 뱀의 심장이 꿈틀거렸다.

1년 사이에 세상 흐름과 함께 그도 많이 변했다. 해태미디어의 직원으로서 그는 하루하루 마종구 실장을 닮아가며 나름대로 세상을 헤쳐 가는 중이었다.

"자, 그럼 계약을 하실까요?"

경수가 유들유들하게 웃으며 서류 가방에서 계약서를 꺼내 들었다.

바로 그때.

연우가 핸드폰을 꺼내 들며 조심스럽게 대답했다.

"대리님, 죄송한데 제가 아는 작가님이 계시거든요."

"아는…… 작가님이요?"

"네, 계약하기 전에 통화 한 번만 해주시면 감사하겠습니다. 제가 이런 부분에 경험이 없어서요."

이윽고 연우는 경수가 뭐라고 끼어들 틈도 없이 어딘가로 전화를 걸었다.

신호음 뒤로 통화가 연결되자, 연우는 몇 마디 말을 하고는 바로 경수에게 핸드폰을 건네주었다.

"여, 여보세요? 해태미디어 박경수 대리라고 합니다만?"

–오랜만입니다, 박 대리님. 잘 지내셨죠?

전파를 뚫고 날아드는 생생한 목소리.

경수는 단박에 상대의 얼굴을 떠올리며 안색이 창백해졌다.

"하재건…… 작가님이세요?"

–네, 접니다.

경수의 부릅떠진 시선이 맞은편의 연우에게로 꽂혔다.

연우는 무슨 일이냐는 듯이 고개를 갸웃거리고 있었다.

말을 잇지 못하는 그의 귀로 재건의 음성이 이어졌다.

–여보세요, 박 대리님?

"아, 아이고, 아이고. 안녕하세요, 하 작가님."

경수는 아무것도 없는 소파 바닥을 허둥지둥 기웃거리며 대답하고 있었다.

"그간 별고 없으셨습니까? 제가 문안 인사 겸 전화랑 문자 몇 번 드렸었는데 많이 바쁘셨나 봅니다."

-그러셨군요. 최근 계속 쓰던 글이 많아서 핸드폰을 제때 제때 확인하지 못했네요. 죄송합니다.

"아하하, 네…… 아니, 아니요. 바쁘신데 전화를 드린 제가 죄송한 거지 하 작가님께서 죄송하실 일이 아닙니다. 네네, 아하하……!"

연우는 어안이 벙벙해진 채로 경수를 바라보고 있었다.

조금 전까지 보였던 당당한 모습과 자신만만한 기세는 온데간데없었다.

급기야 경수는 연우에게 양해의 눈짓을 보내고는 핸드폰을 잡고 일어섰다. 무슨 이야기가 나올지 모르기에 연우를 앞에 두고 통화하기란 불안했다.

"그, 그런데 그…… 이연우 작가님과는 어떻게…… 되시는지요?"

화장실 입구 쪽으로 몸을 피한 경수가 모기처럼 작은 소리로 물었다.

재건의 대답은 즉각 이어졌다.

-이연우 작가님이 예전부터 제 독자셨어요. 그래서 알고 지내게 됐는데, 이번에 해태미디어와 계약을 하게 되셨다고 조언을 구하시더군요.

"아아아…… 네, 네에……."

—한 가지만 여쭙겠습니다. 박 대리님이 이 작가님에게 제의하신 계약 조건을 들었는데, 제가 볼 땐 조금 문제의 소지가 있어 보입니다. 어떻게 생각하시는지요?

경수는 대답하지 못하고 타는 목으로 침을 삼켰다.

에어컨이 시원하게 가동되고 있음에도 불구하고 이마와 등골은 땀으로 흥건했다.

—왜 대답이 없으시죠? 박 대리님?

"아, 죄, 죄, 죄송합니다. 순간적으로 전파가 안 터져서 하 작가님 목소리가 잘 들려오지 않았습니다."

경수가 이마의 땀을 훔치며 되도 않는 변명을 토해냈다.

텅 빈 머릿속이 새하얗기만 했다.

어떻게 대답해야 할지 떠오르는 단어가 하나도 없었다.

통화하는 상대가 다른 작가도 아니고 하재건이다.

바닥을 치던 무명 시절이 엊그제 같은데 이제는 한 번 만나 보기조차 어려운 유명 작가로 성장했다. 어떤 측면에서건 그를 자극해서 회사에 좋은 일이 있을 리 없었다.

"저, 저도 지시를 받아서 진행하는 계약이라서요……."

—저도 압니다, 당연히 그러셨겠죠. 부디 잘 부탁드리겠습니다. 무리한 요구라고 생각하지 않습니다. 신인 작가의 꿈이 잘못된 계약으로 꺾이지 않도록 합당한 대우를 해주셨으

면 좋겠습니다.

재건은 호흡을 유지하며 차분한 음성으로 말을 마무리 했다.

경수는 마치 눈앞의 재건을 대하듯 고개를 조아리며 핸드폰에 대고 대답했다.

"네, 네…… 그럼요, 작가님. 물론입니다."

—고맙습니다. 그럼 이만 끊겠습니다.

재건이 전화를 끊었다. 경수는 황망히 정신을 차리고 마종구 실장에게 부랴부랴 전화를 걸었다.

—어, 박 대리. 무신 매니지먼트 작가 계약 끝냈어?

"아직 얘기하는 중이에요."

—뭔 얘기할 게 그리 많아? 빨리 끝내고 신당동 넘어가서 고 작가 만나. 이 작가 귀 얇아서 또 다른 말 듣고 계약 안 하려고 들지도 모른다고.

"제 말 좀 들어보세요, 실장님. 하 작가님한테 연락 왔었어요."

—뭐?!

"무신 매니지먼트 작가님하고 친한 사이인 것 같아요. 계약 얘기 듣고 전화하신 거 같은데, 계약 잘해 달라고 하시던데 이거 어떡해야 돼요?"

—으으음……!

할 말을 잃은 종구가 침음을 흘렸다.

얼굴을 벅벅 문지르고 있을 그의 모습이 눈앞에 선한 경수였다.

―아니, 그래. 박 대리는 그 작가가 하 작가님이랑 친분 있는 것도 모르고 계약을 진행했나?!

급기야 종구는 자신의 위신을 세우려는 듯 말도 안 되는 억지로 버럭 소리를 질렀다.

경수는 벌벌 떨면서도 한편으로는 슬그머니 화가 치밀어서 대꾸했다.

“제가 어떻게 그런 것까지 일일이 챙길 수 있겠어요.”

―박 대리, 요즘 가만 보면 말대답이 늘었어?!

“아니, 아니에요. 죄송합니다…….”

―크으……! 아무튼 이거 계륵이 됐군. 아직 성적 검증이 안 돼서 정가로 계약하긴 부담스러운데. 제기랄! 망할! 빌어먹을!

“어떻게 할까요, 실장님?”

―뭘 어떡해? 하 작가님이랑 완전히 인연 끊고 싶어?! 별수 없잖아. 7%에 7 대 3으로 계약해. 3권까지 보장해 주고.

“네…… 알겠습니다.”

―그리고 하 작가님 선물 드릴 것 좀 알아봐. 이 기회에 한번 인사드리고 잘 샤바샤바해서 작품 하나 얻어낼 수 있으면

좋잖아. 끊어.

말을 마친 종구가 일방적으로 전화를 끊었다.

경수는 커다란 심호흡으로 떨리는 가슴을 달랜 뒤 자리로 돌아왔다.

"말씀 다 나누셨어요?"

연우가 고개를 들어 경수를 바라보며 물었다. 생글거리는 표정이 마치 놀리고 있는 것처럼 느껴져서 경수는 속이 부글부글 끓었다.

"이 작가님, 저희 쪽에서 착오가 있었던 것 같습니다."

"착오요?"

"네, 지금 막 실장님과 다시 통화를 했어요. 종이책은 7%에 전자책 비율은 7 대 3인 것을 제가 잘못 들었지 뭡니까. 아하하……."

순진한 연우조차 헛말이라는 걸 알았다.

경수는 연우를 만나러 오기 전에 미리 조건을 기록해 둔 것 대신, 아예 새 계약서를 꺼내 테이블 위에 올려놓고 있었다.

"그리고 무신 매니지먼트가 워낙 내용이 좋아서 3권까지 부수를 보장해 드리기로 결정했습니다. 원래 이 정도는 해드렸어야 하는 건데요."

경수가 아양을 떨듯이 좋은 말을 줄줄이 늘어놓았다.

연우는 반쯤 입을 벌린 채 아무런 말도 하지 못하고 있었다.

'대체 무슨 이야기를 하고 온 거야……?!'

무슨 내용으로 어떤 통화를 했던 걸까.

출판 경험이 없는 연우로서는 짐작하는 일조차 어려웠다.

어쨌든 연우는 단순하고도 천진난만하게 감탄했다.

'대단하세요, 풍천유 작가님……!'

기세등등했던 편집자가 전화 한 통에 온몸을 움츠리며 쩔쩔매기 시작했다.

더불어 제시하는 조건도 대폭 좋아졌다.

불과 몇 분 만에 벌어진 놀라운 변화를 접한 연우는 보이지 않는 재건의 위력을 똑똑히 실감했다.

"자, 그럼 이제 여기 작성 부탁드립니다."

경수가 정중한 몸짓으로 펜과 계약서를 밀어주었다.

귀신에 홀린 것처럼 여전히 멍하기만 한 경수가 계약서로 천천히 두 눈을 내리깔았다.

"저어, 이 작가님?"

"죄송합니다."

상념에서 깨어난 연우가 일시에 본래의 표정을 되찾고 대답했다.

자신이 가야 할 길을 확실히 찾아낸 참이었다.

“이 계약 못 하겠습니다.”

“……네?!”

“제가 데뷔의 꿈에 부풀어 너무 서둘렀던 것 같아요. 오늘 이렇게 나오셨는데 죄송해요. 저 이만 나갈게요.”

“이, 이연우 작가님?!”

벌떡 일어난 연우는 군인처럼 경례를 올리고는 매몰차게 돌아섰다.

출입문을 열고 나가 버리는 그의 등 뒤로 경수의 애처로운 손짓이 이어지고 있었다.

39장
식구가 늘어간다

“네, 권 대표님. 아, 무신 매니지먼트 다 읽어보셨어요? 제가 이제부터 사무실로 출퇴근할 거라서 좀 봐 주고 그러겠습니다. 네? 하하, 고생은요. 제 팬이기도 하신 분이니 저도 즐겁게 봐드릴 수 있어요. 그럼요, 네. 알겠습니다. 나중에 또 연락하죠. 수고하세요.”

통화를 끝낸 재건은 잠시 멈췄던 시나리오 집필을 재개했다. 태원의 입에서도 ‘무신 매니지먼트’는 발전 가능성 있는 작품이라는 평가가 나왔기에 소개한 입장에서 마음이 편해졌다.

‘오늘 중에 3분의 1은 끝낼 수 있겠군. 뒷부분 내용까지 첨부해서 오 편집장님께 보내드려야지.’

작가 사무실로 출근하기 시작한 것도 며칠이 지났다.

재건은 매일매일 오전 9시부터 저녁 6시까지 규칙적으로 일하겠다는 다짐을 지켜오고 있었다.

아직까지는 습관이 몸에 배지 않은 탓인지 힘겨웠다.

능률에 불이 붙으면 밤을 새워서라도 더 쓰고 싶어져서 충동을 억제하기가 실로 고역이었다.

'급할 거 없어. 지금도 매일 충분히 많이 쓰고 있어.'

오늘도 재건은 스스로를 위안하며 부지런히 타자를 두들기고 있었다.

시간은 어느덧 오후 5시 40분.

이제 퇴근까지 20분밖에 남지 않았기에 열 손가락은 쉴 틈이 없었다.

야근하고 싶은 마음이 굴뚝같았다.

"하 작가님, 오늘도 저녁 드시고 가실 거죠?"

등 뒤에서 작업하던 은영이 물었다.

재건은 돌아보지도 않고 고개만 끄덕이며 대답했다.

"네, 먹고 가야죠. 혼자 원룸 가면 라면밖에 안 먹어요. 오늘은 외식할까요? 제가 쏠 테니 고르세요."

외식이라는 말에 은영의 두 눈이 반짝 빛났다.

"와우, 외식 좋아요. 뭐 드시고 싶으세요? 민호 형이랑 현경이는 뭐 먹고 싶은 거 있어?"

바로 그때.

똑똑 하고 현관문을 두드리는 소리가 울렸다.

비밀번호를 모르는 방문자라고는 음식 배달부 말고는 없기에 은영은 고개를 갸웃거리며 일어섰다.

"누구지?"

"아, 제가 나가볼게요."

방문자의 정체를 짐작한 재건이 일어나서 현관으로 나갔다. 문을 열자 까까머리를 긁적이며 선 연우가 보였다.

"안녕하세요! 이연우라고 합니다!"

연우가 씩씩하게 자신을 소개하며 경례를 붙였다.

재건은 웃으며 그를 안으로 맞아들였다.

다른 작가도 모두 하던 일을 멈추고 자리에서 일어났다.

"아아, 그 무신 매니지먼트 작가님이시구나."

"응? 아~ 그럼 그 페젤론이라는 블로거? 하 작가님 왕팬?"

민호와 은영이 한마디씩 말을 붙이며 다가왔다.

연우는 활짝 웃으며 그들에게도 차례차례 고개를 숙여 보였다.

재건이 그들에게 설명했다.

"사실 저하고는 어제 밖에서 만났어요. 집이 수원인데 집중하기 어렵다고 하셔서 사무실로 나오시라고 했죠. 인사들 나누세요. 이쪽은 강민호 작가님, 그리고 이쪽은 장은영 작가님이세요.”

말이 끝나기가 무섭게 연우가 두 눈에서 광채를 뿜으며 대답했다.

“마왕재림 작가님이랑 질펀한 룸메이트 작가님이시죠?!”

“와아아, 저희 작품도 알고 계셨어요?”

“그럼요, 하재건 작가님 더 브레스 다 읽고 나서 두 분 작품도 완전 재밌게 봤어요! 래프북스에서 나온 건 다 재밌는 거 같아요. 진짜 짱짱짱!”

연우는 소년처럼 엄지손가락을 추켜세우며 호들갑을 떨어댔다. 민호와 은영은 멋쩍으면서도 기분이 나쁘지 않아서 서로를 쳐다보며 웃었다.

침묵을 지키고 있는 건 낯을 조금 가리는 현경뿐이었다. 아직 성격을 파악하지 못한 새 입주자가 그의 입장에서 달갑지만은 않았다.

“아, 그리고 저쪽에 계신 분은 양현경 작가님이세요.”

“아아, 슬래터요?”

이번에도 대번에 현경의 작품명이 튀어나왔다.

조금은 기분이 좋아지면서 경계심이 사라지려는 현경에게 연우의 사심 없는 질문이 이어졌다.

“근데 연중한 다음부터는 못 읽었는데 완결은 내셨어요?”

“……!”

현경의 양쪽 눈가에 움찔움찔 경련이 일었다.

연우의 다소 눈치 없는 성격을 깨달은 은영이 다급히 손뼉을 치며 화제를 전환했다.

“그럼 잘됐네요. 이 작가님도 오셨는데 다 같이 저녁 먹으러 나갈까요? 이 작가님은 뭐 좋아하세요?”

“전 다 잘 먹습니다.”

“화끈하시네. 그럼 일단 아케이드로 나가서 고를까요? 아, 맞다. 하 작가님 아직 안 끝나셨죠?”

“저도 오늘은 10분 일찍 퇴근하지요. 잠시만요. 원고만 금세 보낼게요.”

재건은 3분의 1이 완성된 시나리오와 전체적인 스토리라인을 정리해서 명석에게 메일로 보냈다. 내친김에 명석에게 메시지까지 보냈다.

이어 겉옷을 챙겨 드는 그의 안색이 창백한 것을 보고 은영이 근심스레 물었다.

“하 작가님, 몸 어디 안 좋으세요?”

“아니요, 몸이 조금 으슬으슬하네요. 감기 기운인가. 갑자기 규칙적인 생활을 시작해서 건강이 상했나 봐요.”

“으이구, 그게 무슨 논리예요? 오늘 그럼 하 작가님도 컨디션 안 좋으시니 우리 국물 있는 거 먹어요.”

재건은 싹싹한 누나처럼 배려해 주는 은영이 고마워서 웃었다.

새 가족이 추가된 사무실 작가들은 환영회 겸 저녁 식사를 하기 위해 발길을 서둘렀다.

BIG LIFE

'흐음, 시나리오 초고를 보내셨다고?'

이제 막 퇴근하려던 명석은 메시지를 보고 다시 자리에 몸을 앉혔다. 다른 작가였다면 뒤로 미뤘겠지만 재건의 작품이라 즉각 확인하고 싶었다.

메일에 접속하니 가장 윗줄에 재건의 원고가 와 있었다.

[깡패의 바다]

"……."

명석은 어쩐지 뻐근해진 뒷목을 주무르며 원고 파일을 클릭했다.

대체 무슨 내용일지 제목만 봐서는 갈피가 잡히지 않았다.

'흐음, 드라마인가? 약간 스릴러 끼도 섞여 있고.'

명석은 안경을 고쳐 쓰고는 집중해서 읽기 시작했다.

지문에 비해 대화문이 절대적으로 많은 시나리오다.

읽는 내내 자연스럽게 영상이 눈앞에 그려지고 있었다.

'아하, 여자 주인공 이름이 바다라서 깡패의 바다인가?'

명석의 입에서 쿡쿡 웃음이 새어 나왔다.

시나리오는 도입부부터 흡입력이 좋아서 술술 읽혔다.

여성 캐릭터들의 대화문이 다소 부자연스러웠지만 크게 거슬리는 정도는 아니었다.

명석은 20분이 채 지나지 않아 보내온 분량과 이후의 스토리 라인을 전부 읽고 핸드폰을 꺼내 들었다.

바로 재건에게 전화를 걸어 감상을 들려줄 차례였다.

바로 그때.

"아직 퇴근 준비 안 하고 뭐 하냐?"

"아버지, 어쩐 일이세요?"

명석이 핸드폰을 도로 내려놓으며 자리에서 일어섰다.

그의 아버지 태진이 뒷짐을 지고서 어슬렁어슬렁 다가오고 있었다.

"시간 됐으면 제때 퇴근해야지. 오늘은 또 무슨 일을 그렇게 보고 있는 거냐?"

"아, 그 작가가 시나리오를 좀 보내와서요."

"시나리오?"

"네, 하재건 작가요."

태진의 한쪽 귓불이 실룩였다.

"스무 살의 여름 영화 시사회 다녀와서 내색은 안 하는데 맘에 안 드는 부분이 꽤 있었던 것 같습니다. 본인이 직접 시나리오를 써봐야 직성이 풀리려나 봐요."

"그렇구나……."

"3분의 1 정도 보내왔는데 잘 썼네요. 좋아요."

태진은 묵묵히 고개를 끄덕였다.

웅성출판 그룹의 총수이며 기라성 같은 작가를 수두룩하게 봐온 그에게는 100만 부의 판매고를 올린 하재건도 평범한 작가에 지나지 않았다.

서건우란 필명을 사용했던 전력만 아니라면 진즉에 잊어버리고도 남았으리라.

"아, 그리고 아버지. '너의 비극' 편집 거의 다 끝났습니다."

"벌써?"

태진이 만면에 놀란 빛을 띠고서 되물었다.

'너의 비극'은 그가 오랜만에 출간하는 장편소설이었다. 거대 기업의 대표이기 이전에 그 역시 한 사람의 작가였다.

"직접 하는 거냐? 직원들한테 맡기라니까."

"몇 년 만의 아버지 신작인데요. 편집장 아들의 손을 거쳐야죠. 책은 아주 예쁘게 뽑힐 테니까 염려 놓으세요."

"염려는 무슨, 네가 오죽 잘하냐. 이만 나가자."

"네, 아버지."

두 부자는 사무실을 빠져나와 나란히 엘리베이터에 올라탔다. 태진을 알아본 직원들이 다음 엘리베이터를 타려고 뒷걸음질하고 있었다.

"같이 탑시다. 나 과체중 아니요."

태진이 부드러운 미소로 권했다. 직원들은 황송한 표정으로 고개를 조아리며 두 부자와 함께 엘리베이터에 올랐다.

하강하는 엘리베이터 안에서 명석의 핸드폰이 몸을 떨었다.

"네, 김 대리님. 아니, 괜찮습니다. 말씀하세요. 네, 구로구 궁동 맞습니다. 아, 그런데 요즘은 부천 사무실로 출퇴근하신다고 하니 택배는 그쪽으로 보내시는 게 좋겠습니다. 네, 그렇게 해주세요. 고생하세요."

전화를 끊은 명석에게 태진이 지나가듯 물었다.

"작가한테 선물 보내냐?"

"네, 그 하재건 작가요."

"……?"

태진의 표정이 삽시간에 굳어들었다.

줄어드는 층수를 바라보는 명석은 이상한 낌새를 깨닫지 못한 채 말을 잇고 있었다.

"한약 좀 지었습니다. 글쓰기에 빠지면 건강을 좀처럼 돌보지 않는 사람이라서요. 이 정도 케어는 해줘야지요."

"……."

경직된 모습으로 상념에 빠진 태진은 아들의 말에 아무런 대답을 하지 못하고 있었다.

아들은 부하 직원과 통화하면서 분명히 구로구 궁동이란 주소를 언급했다. 주소 자체는 문제랄 게 없다. 하지만 그곳에 하재건이란 작가가 산다면 무심히 지나칠 수만은 없는 얘기가 된다.

'서건우라는 필명을 사용했던 작가가…… 사는 곳도…….'

두 번 연속으로 이러한 우연이 가능한 걸까.

거듭되는 우연 앞에서 태진의 신경은 더없이 예민해졌다.

불가능한 일은 결코 일어나지 않는다는 것이 삶의 모토인 그가 지금, 좁다란 엘리베이터 안에서 심하게 흔들리고 있었다.

"아버지? 내리셔야죠."

"어? 어, 그래……."

"어디 불편하세요?"

"아니, 아니다……. 어서 가자."

뒤늦게 정신을 차린 태진이 엘리베이터를 나섰다.

평소보다 빨라진 그의 발걸음에 명석은 짐짓 심각해진 표정으로 뒤를 따르며 물었다.

"안 좋은 일 있으신 건 아니죠?"

"그런 거 없다. 간만에 소설을 내서 그런지 괜히 긴장이 돼서 생각 좀 했다."

"아버지도 참. 염려 놓으시라니까요. 아들로서가 아니라 웅성출판 대표 편집장으로서 말씀드리는데, 글 정말 좋습니다."

"허허허, 그래……."

두 부자는 기사가 운전하는 차의 뒷좌석에 나란히 몸을 실었다.

태진은 빠르게 지나가는 차창 밖을 하염없이 바라보았다.

집에 도착할 때까지 그는 한 마디 말도 꺼내지 않았다.

BIG LIFE

"여기서 또 문제가 생깁니다. 그렇게 열심히 노력하던 태권도 선수가 출전 정지를 당했다고 3년 동안 운동도 안 하고, 이렇게 허송세월을 보내요? 독자들이 감정 이입을 할 수 있겠어요?"

"말씀 듣고 보니 정말 그러네요. 그럼 그사이에도 열심히 운동을 해왔지만 불운해서 기회를 잡지 못했다고 표현할까요?"

"그게 맞죠. 그래야 독자들도 이후 주인공 박권이 기연을 얻고 승리할 때 더더욱 카타르시스를 느끼겠죠."

작가 사무실 인근의 아케이드 식당가였다.

재건과 연우는 각각 순두부찌개와 생선구이 정식으로 점심을 먹으며 열띤 대화를 이어가고 있었다.

연달아 지적하는 재건과 거기에 귀를 바짝 기울이는 연우의 모습은 어제와 다르지 않은 풍경이었다.

"사무실 들어가서 프롤로그부터 수정하세요. 5시까지 수정하시면 제가 오늘 바로 봐드릴 수 있어요."

"아, 진짜 고맙습니다. 잠깐만요. 메모만 마저 하고요."

연우는 재빨리 펜으로 메모를 마치고는 남은 밥을 부랴부랴 먹기 시작했다.

재건이 쓴웃음을 지으며 말했다.

"천천히 드세요. 그러다 체해요."

"1시까진데 빨리 먹어야죠."

"진짜 회사도 아니고 좀 늦는다고 문제될 거 없습니다. 꼭꼭 씹어서 드세요."

그렇게 말하며 재건이 물 한 잔을 따라 주었다.

고작 물 한 잔에도 연우는 감격한 듯이 두 눈을 흔들며 두 손으로 정중히 받아 들었다.

"저 진짜 하재건 작가님 아니었으면 어떻게 살았을까 싶습니다. 바쁘신데 이렇게 시간 내셔서 도와주시고, 지금 며칠 만에 글 퀄리티가 장난 아니게 올라가 버렸어요."

"이 작가님 기본기가 탄탄한 덕이에요."

"맞다, 근데 제목은 어떤 거 같으세요?"

"무신 매니지먼트 나쁘지 않은데 왜요?"

"조금 긴 거 같아서요. 뭔가 한 방에 시선을 끄는 그런 제목으로 가고 싶기도 해요."

"무신이 간다, 이런 건 어때요? 아니면 또…… 아!"

갑자기 재건이 손가락까지 탁 하고 튕기더니 환히 웃으며 제안했다.

"빅권이 간다 어떻습니까?"

"네?"

순간 얼빠진 연우의 낯 위로 '지금 장난하시냐'는 물음이 스쳐 갔다.

재건은 개의치 않고 말을 이어갔다.

"주인공 이름이 박권이잖아요. 근데 주먹도 크고 강하니까 빅권이라는 별명을 넣는 거예요. 영어로 빅에 주먹 권 합쳐서요."

"그게…… 괜찮을까요?"

"아니면 이런 식으로 설득력을 넣어도 되죠. 학생 때 어디 대회에 나간 적 있는데, 거기서 주최 측 실수로 이름에 오타가 나서 빅권이 된 거라고. 근데 그게 아예 별명으로 굳어졌다, 뭐 이런 거 어때요? 와, 진짜 말하고 나니 이거 너무 좋은 제목인 거 같은데?"

열성적으로 말을 마친 재건은 스스로의 지혜에 감탄한 듯 한동안 조용히 계란말이만을 우물거리고 있었다.

연우는 고개를 수그리고서 펜을 들었다. 메모장에 '빅권이 간다'라는 제목이 적혔고, 이내 재건이 보지 못하는 사이에 그 위로 줄이 좍좍 그어졌다. 아무리 생각해도 이건 아닌 것 같았다.

식사를 마친 재건과 연우는 사무실로 돌아와 작업을 재개했다. 연우의 자리는 재건의 바로 옆이었다. 등 뒤로는 다른 세 작가가 각자의 작업에 한창이었다.

'이거 진짜 몸살인가…….'

오후 4시가 넘어갈 무렵.

재건이 이마를 싸맨 채 뜨거운 숨결을 내뱉었다.

며칠 전부터 몸살의 기운이 느껴지긴 했었다. 그럭저럭 버텨왔는데 오늘 아침 나절부터 증세가 심해지고 있었다.

'큰일이네…….'

시나리오 '깡패의 바다' 집필은 여유롭게 써도 되니 문제가 아니었다.

다만 내일 나가야 할 도서관 강연이 걱정이었다.

"여러분, 저 오늘은 일찍 들어가 보겠습니다."

생각 끝에 재건이 자리에서 일어섰다.

강연이 아니었다면 6시까지 버티고 썼을지도 모른다.

아무래도 내일을 위해서 오늘은 일찌감치 쉬어줘야 할 듯했다.

"하 작가님, 몸 안 좋으신 거죠? 굳이 집으로 가지 마시고 여기서 주무셔요."

"강연 자료가 집에 있어서 가 봐야 해요. 리카, 집에 가자."

창틀에 앉아 있던 리카가 쪼르르 내려왔다.

재건은 리카를 가슴에 안아 들고 가방을 챙겼다.

그때, 내내 무언가를 생각하는 표정이었던 연우가 자리에서 벌떡 일어섰다.

"제가 댁까지 모셔다 드릴게요."

"네?"

"지금 머리도 어지러우실 텐데 운전 어떻게 하시려고요. 제가 운전기사 해드린다고요. 리카 때문에 택시 타시기도 애매하실 거 아니에요."

재건은 연우의 호의에 고마움을 느끼면서도 쓰게 웃으며 고개를 가로저었다.

"집이 외진 곳이라 돌아오실 때 힘드실 겁니다."

"괜찮아요. 좀 걸으면 되죠. 저 제대한 지 얼마 되지도 않아서 체력 좋습니다. 이렇게라도 작가님한테 보답해야지 제가 달리 뭘 해드릴 수 있겠어요?"

연우가 활짝 편 자신의 가슴을 두드리며 의연하게 말했다.

그럼에도 불구하고 재건은 끝끝내 사양을 표했다.

연우의 글쓰기를 방해하고 싶지 않았다.

"약을 안 먹어서 운전은 괜찮습니다. 정 힘들면 대리라도 부를 테니까 이 작가님은 쓰시던 글이나 열심히 쓰세요. 호의만 감사히 받을게요."

기어코 재건은 리카와 단둘이 사무실을 나섰다.

천천히 차를 몰아 집으로 돌아온 재건은 입맛이 없었지만 억지로 밥을 먹었다. 그리고 약까지 챙겨 먹은 다음 일찌감치 잠자리에 들었다.

"하아…… 리카, 나 숨이 너무 뜨겁다."

"야옹……!"

"가까이 오지 마……. 너한테 감기 옮을지도 몰라……. 오빠 오늘은 일찍 잘게……."

재건은 더운 숨결을 불규칙적으로 내뱉은 끝에 자기도 모르게 잠에 빠져들었다. 금세 그의 전신이 고열로 물들기 시작했다. 리카는 그런 재건의 옆구리에 찰싹 붙어 한시도 자리를 떠나지 않았다.

다음 날 아침.

드르륵! 드르륵! 드르륵! 드르륵!

계속되는 진동에 재건이 천천히 눈을 떴다.

가장 먼저 보인 것은 팔에 얼굴을 괸 채 자신을 바라보는 리카의 초롱초롱한 두 눈이었다.

"으으…… 밤새 붙어 있었어?"

"야옹."

리카가 까끌까끌한 혀로 재건의 콧등을 핥으며 대답을 대신했다.

재건은 여전히 계속되는 진동의 원인을 찾아 이불 속 여기저기를 손으로 더듬었다. 이윽고 핸드폰이 손에 잡히는 순간 진동이 멎었다.

"이연우 작가님이네……."

시계를 보니 오전 10시가 넘어가고 있었다.

슬슬 일어나서 강연을 나갈 준비를 해야 할 때였다.

재건은 뻐근한 몸을 힘겹게 일으켜 침대에 앉았다.

"후우, 어제보다 확실히 나아지긴 했는데 아직도 어질어질하네. 빨리 뭐라도 먹고 약 먹어야지."

그렇게 중얼거리며 침대 밖으로 발을 뺀 순간.

난데없이 현관에서 초인종 소리가 울렸다.

재건은 큰 목소리를 낼 기운이 없어 비틀비틀 현관으로 다가갔다.

“누구세요?”

“하 작가님, 저 이연우요.”

“……?!”

재건이 놀란 표정으로 문을 열어주었다.

까까머리 연우는 히죽 웃으며 손에 든 쇼핑백을 들어 보이고 있었다.

“식사 아직 안 하셨죠?”

“네, 이제 막 일어났어요. 그런데 아침부터 어쩐 일이세요?”

“오늘 도서관 강연 나가시잖아요. 아프시니까 신경 쓰여서 견딜 수가 있어야죠. 전복죽 사왔으니까 뜨거울 때 얼른 드세요.”

연우가 재건의 두 손에 쇼핑백을 건넸다.

가슴이 먹먹해서 받아 드는 재건에게 그는 말을 이었다.

“그럼 저는 요 앞에서 기다리겠습니다.”

“뭘 요 앞에서 기다려요? 들어오세요.”

“네? 그, 그래도 될까요?”

“안 될 게 뭐가 있습니까. 커피 말고는 대접할 것도 없지만 어서 들어오세요.”

연우는 황송한 표정이 되어 원룸 안으로 들어섰다.

리카는 아픈 재건을 위해 전복죽을 사온 그를 환영하듯이 발치로 가 앞발을 들고 매달렸다.

연우가 품에 안아 드는 것도 마다하지 않았다.

“몸은 좀 나아지셨어요?”

“어제보단 많이 좋아졌습니다.”

“안 되겠네요. 역시 제가 도서관까지 운전해 드릴게요.”

“으음…….”

“마다하지 마세요. 가시는 길에 강연 자료도 최종 점검하시고 그러시면 좋잖아요.”

재건은 부정할 수 없었다. 컨디션이 좋지 않은 데다 강연할 내용을 마지막으로 점검할 시간이 필요한 것도 사실이었다.

더는 거절할 수가 없어서 그는 나직이 고갯짓을 하며 대답했다.

“그럼 오늘만 뻔뻔하게 부탁 좀 드리겠습니다.”

“뻔뻔이라니요? 그런 말씀은 하지도 마세요.”

재건은 연우가 사온 전복죽을 진심으로 맛있게 먹었다.

그의 정성 덕택인지 한 그릇을 말끔히 비우고 나니 몸살기의 태반이 사라져 가는 듯했다.

“씻으세요. 제가 치울게요.”

“아니, 그래도 제가 먹던 건데…….”

“어서요.”

연우는 억지로 재건을 욕실로 밀어붙이고는 재빠르게 설거지를 끝마쳤다.

그러고는 재건이 준비를 끝낼 때까지 바닥에 앉아 리카와 장난을 치면서 놀았다.

“후우, 준비 다 됐습니다. 죄송해요.”

“네, 출발하시죠.”

연우는 조수석에 타려는 재건을 굳이 뒷좌석에 태우고 나서 운전석에 올랐다.

너무도 깍듯하게 챙겨주는 그가 부담스러운 재건이 말했다.

“저기, 이 작가님. 저한테 편하게 하세요.”

“네? 저 지금 되게 편한데요?”

연우가 대체 무슨 소릴 하느냐는 듯한 얼굴로 돌아보며 되물었다. 소년처럼 지극히 순수한 그 표정을 앞에 두고 재건은 그만 말문이 막혔다.

시동이 걸린 차가 대로로 나섰다. 연우의 운전은 안정적이면서도 매우 능숙했다. 재건은 강연할 자료를 들추다 말고 그에게 말을 건넸다.

“운전을 잘하시네요.”

“아, 말씀 안 드렸구나. 저 운전병 출신이에요.”

“아하, 어쩐지……. 저하고는 비교도 안 되게 잘하신다 했어요. 전 아직도 급발진, 급정지 연발하거든요."

"하하하, 제가 운전 실력 빼면 시체라고 불릴 정도로 좀 잘하긴 합니다."

재건은 연우 덕분에 실로 편안히 도서관에 도착했다.

강연 장소는 도서관 2층 강당이었다.

관장을 시작으로 과장들을 포함한 거의 전 공무원이 나와서 재건을 맞아들였다.

"어서 오십시오, 선생님."

그간의 다른 강연에는 코빼기 한 번 비치지 않았던 관장이 정중히 고개를 숙이며 인사하고 있었다.

재건은 그에 맞춰 묵례를 하고는 강당 안으로 들어섰다.

대형 스크린이 벽면에 장착된 단상 위로는 긴 현수막이 보였다.

[100만 부의 판매고를 올린 베스트셀러 '스무 살의 여름' 작가 하재건과 함께하는 '창작으로 아름다워지는 인생' 특강!]

'뭔가 너무 길고 난잡해…….'

아무래도 관장이 직접 만든 것이 아닐까 의심스런 현수막이었다.

어쨌든 중요한 건 현수막이 아니라 강연이다.

재건은 금세 시선을 거두고 준비에 착수했다.

"도와드릴 거 없나요?"

"괜찮아요, 이 작가님은 앉아 계세요."

재건이 그렇게 말해도 연우는 주변을 어슬렁거리며 할 일이 없는지 살피고 다녔다. 그런데 보니 정말로 할 일이 없어서 결국 앞쪽 중앙의 자리에 몸을 앉혔다.

'후후후, 특석이다.'

시간이 가까워 오면서 강연을 들으러 찾아든 사람들이 객석을 하나둘씩 채워갔다.

고조되는 분위기 속에서 연우도 가슴이 두근거렸다. 세상 그 어떤 작가보다 동경해 온 재건의 강연을 가장 좋은 자리에서 보게 되는 것이다.

'올 여름은 다 꿈만 같은 일뿐이었어.'

연우는 자료를 점검하는 단상 위의 재건을 바라보며 최근 자신에게 벌어진 변화들을 생각하고 있었다.

지금껏 연우의 삶에서 하재건이란 작가는 아무리 손을 뻗어도 닿지 못할 신기루였다. TV에 나오는 연예인들처럼 허상과도 같은 존재였다.

그저 그의 작품을 좋아하고 파고드는 것만으로 만족했고 또 기쁨이었다. 괴롭던 군생활도 재건의 작품을 읽으며 버텨낼 수 있었다.

'내가 하 작가님이랑 같은 공간에 있다니.'

재건에게 연락을 받은 날 심장이 멎을 정도로 놀랐었다.

계약에 관한 도움을 받은 것만으로도 모자라 같은 공간에서 글을 쓰고, 함께 밥을 먹고, 그의 차를 운전하게 되리라고는 상상치도 못했다.

이 모든 일을 곱씹으면서 연우의 심장은 새삼스레 강하게 뛰고 있었다. 꿈인지 현실인지 분간이 가지 않는다는 듯 두 눈을 비비는 버릇도 여전했다.

"조용히 해. 울지 마, 뚝."

옆자리에서 들려오는 목소리에 연우가 퍼뜩 정신을 차렸다. 20대 후반으로 보이는 젊은 주부가 품에 안은 아기를 달래며 그의 옆에 앉고 있었다.

연우와 아기의 눈길이 마주쳤다. 연우가 양 볼을 우스꽝스럽게 부풀려 보이자 아기는 까르르 웃었다.

'와, 뭐야? 잠깐 사이에 이렇게 많이 왔어?'

뒤를 돌아본 연우가 입을 떡하니 벌렸다.

강연이 시작되려면 아직도 20분은 더 있어야 할 텐데 객석이 벌써 꽉 차 있었다.

사서 공무원 미주는 놀라움과 근심이 뒤섞인 표정이었다.

"과장님, 이렇게 많이 온 적이 있었나요?"

"그러게, 정원은 벌써 다 채운 것 같은데요. 찾아오는 주민을 그냥 내보낼 순 없고, 양옆 복도랑 뒤쪽 공간에도 앉게 안내합시다."

미주를 비롯한 공무원들의 안내로 강당 내 복도와 후방의 빈 공간까지 사람들로 가득해졌다.

그러나 아직도 열린 문을 통해서 사람들이 꾸역꾸역 밀려 들어 오고 있었다. 대부분이 초등학교 고학년에서 중학생까지의 자녀들을 동반한 주부였다.

'와, 씨…… 미리 들어와 앉아 있길 천만다행이네.'

앞자리에 미리부터 앉아 있던 연우는 가슴을 쓸어내렸다. 하마터면 문간에 서서 귀동냥조차 못할 뻔했다.

이윽고 한 사람도 더 들어오지 못할 만큼 강당이 꽉 들어찼다. 공무원들에 의해 닫히는 문 너머로 입장에 실패한 사람들의 안타까운 얼굴이 보였다. 단상 위의 조명이 오롯이 선 재건을 환하게 밝혔다.

40장
현실은 빠른 반품이요

"안녕하세요. 하재건입니다. 모교에서 한 번 강연해 본 것 외에는 아직 경험이 없습니다. 부족하겠지만 여러분께서 많이 도와주시고 또 이해해 주셨으면 합니다."

재건의 인사말과 함께 어수선하던 장내는 단숨에 고요해졌다. 재건은 수많은 사람의 시선을 한 몸에 받으며 침착한 어조로 강연을 시작했다.

"……창작의 힘은 무궁무진합니다. 비단 글쓰기만을 말하는 것이 아니죠. 여기 어머님이 많이 계시는데, 아시겠지만 지점토, 비즈 공예 등 새로운 것을 만들어내는 모든 행위가 창작을 말합니다."

사람들은 침을 삼키는 일마저 잊고 재건에게 시선을 꽂은 채 두 귀를 바짝 기울이고 있었다. '스무 살의 여름'을 감명 깊게 읽고 찾아온 여성들이 태반이었기에 집중력이 낮을 수가 없었다.

관장을 비롯해서 지금 달리 업무가 없는 공무원들도 강당 한쪽에 일렬로 서서 강연을 경청하는 중이었다.

"같은 재료를 똑같이 써도 저마다 만들어지는 결과물은 다릅니다. 애초에 본인이 소망했던 만큼의 결과물이 아니더라도 그 기쁨이 사라지는 건 아니죠. 왜일까요? 이미 창작하는, 만들어 가는 과정에서 충분히 즐거웠기 때문입니다. 이미 그 오랜 시간을 즐기고 있었던 거예요."

재건이 잠시 말을 멈추고 객석 앞쪽으로 시선을 던졌다.

연우의 옆자리에 아기를 안고 앉은 엄마가 보였다. 아기가 계속 재건에게 고사리 같은 손을 뻗으며 울음을 터뜨리고 있었다.

'큰일이네.'

엄마는 민망해서 빨개진 얼굴로 시끄러운 아기를 달래느라 여념이 없었다.

재건의 마음은 안타까웠다. 감기에 걸리지만 않았다면 직접 가서 달래줄 수도 있었을 텐데.

기어코 엄마가 아기를 안고 어깨에 가방을 챙겼다. 주변에 피해를 주지 않으려면 퇴장할 수밖에 없는 것이다.

바로 그때, 가만히 옆에 있던 연우가 나섰다.

"우쭈쭈, 우쭈쭈."

연우가 엄마와 눈짓으로 의사를 교환하고는 아기를 받아 들었다.

아기는 단박에 울음을 그쳤다.

연우는 아기를 안은 몸을 가볍게 흔들며 재건에게는 강연을 계속하라는 눈짓을 보냈다.

"제 동료 작가입니다. 글쓰기만큼 아이도 잘 돌보니 어머니께서는 마음 놓으셔도 될 것 같습니다."

장내에 가벼운 웃음이 물결처럼 일었다.

아기 엄마도 두 손으로 입을 가리며 수줍게 웃었다.

강연은 시종일관 부드러운 분위기 속에서 진행되었다.

어느덧 질의응답을 끝으로 휴식 시간을 포함한 총 1시간 30분의 강연이 완전히 끝을 고했다.

우레와 같은 박수갈채를 받으며 재건은 단상에서 내려왔다.

"아, 너무 멋있었어요. 하 작가님. 진짜 최고예요!"

연우가 다가와 외치듯이 말을 꺼냈다.

"저 솔직히 지루할 줄 알았어요. 원래 이런 강연 같은 건 다 지루하고 좀 그렇잖아요. 근데 하 작가님이라 그런지 완전 머리에 쏙쏙 들어오고, 아, 진짜 장난 아님."

"너무 띄우지 마세요. 사실 분위기가 딱딱해질 때 사용할 회심의 개그도 몇 개 준비했는데, 연우 작가님 덕분에 쓸 일이 없었네요."

"무슨 개그였는데요? 궁금해요."

"묻지 말아주세요."

연우와 함께 퇴장하려던 재건의 앞길이 가로막혔다. 강연을 듣고 난 사람들이 앞길은 물론이고 양옆과 후방까지 완전히 에워싸고 있었다.

"선생님, 여기 책에 사인 좀 부탁드릴게요."

"아아, 네. 책 주세요."

"저도요. 그리고 선생님, 저희 애가 논술을 해야 하는데 어떤 식으로 공부해야 좋을까요?"

"아, 논술 말이죠. 그건 일단 책을 여러 번 읽고 나서……."

"선생님, 다음 작품은 장르가 어떤 건가요? 이번에도 영화로 만들어지나요?"

"그건 제가 지금 말씀드릴 수가 없는……."

"선생님, 애인은 있으세요?"

속사포처럼 연달아 날아드는 질문을 일일이 받아줄 수가 없었다.

재건은 최대한 성의껏 사인을 해주고, 함께 사진을 찍어주고, 답변하면서 출구를 향해 한 걸음, 한 걸음 내디뎠다.

그다지 넓다고 볼 수 없는 강당을 빠져나갈 때까지 무려 30분이 넘는 시간이 걸렸다.

'맙소사……!'

가까스로 강당을 벗어난 재건과 연우는 동시에 기겁했다.

정말로 경악해야 할 일은 따로 있었다.

강연을 들은 사람들보다 두 배는 많은 사람이 강당 앞 복도를 빼곡하게 채우고 있는 것이 아닌가. 심지어 커다란 카메라를 챙겨 든 지역신문 기자들까지도 와 있었다.

"하 작가님, 오늘 집에 가실 수 있겠어요?"

"아하하하……."

재건은 추가로 1시간을 족히 보내고 나서야 도서관을 빠져나올 수 있었다. 긴장이 흩어지자 강연 동안에는 잊고 있었던 몸살기가 되살아났다.

"많이 피곤하시죠? 얼른 타세요. 모셔다 드릴게요."

재건은 연우를 따라 흐느적흐느적 차로 걸음을 내디뎠다.

차문을 열려는 순간, 등 뒤로 그를 나직이 부르는 목소리가 울렸다.

"저기, 하재건 선생님."

지친 기색으로 돌아보니 연우 옆에 앉았던 아기 엄마가 서 있었다. 아기를 가슴에 안고서 그녀는 허리를 꾸벅 숙였다.

"너무 정신이 없으셔서 인사드릴 타이밍을 못 잡았어요.

오늘 강연 정말 잘 들었습니다."

"만족스러우셨다니 저도 무척 기쁩니다."

"하재건 선생님 강연이라 어떻게든 듣고 싶어서…… 어렵게 일을 쉬고 시간을 냈어요. 아기를 달리 맡길 곳이 없어서 데려왔는데 애가 워낙 잘 울어요. 죄송했어요."

천천히 말을 잇는 아기 엄마의 두 눈시울이 붉어졌다. 덩달아 재건도 마음이 숙연해졌다. 뒤이어 연우 쪽으로 시선을 돌린 아기 엄마는 그에게도 고개를 숙여 보였다.

"아기 봐주셔서 정말 감사했어요. 덕분에 소중한 강연 잘 듣고 가요. 정말…… 정말 고맙고 죄송했어요."

"아이구, 아닙니다. 아니에요. 저 원래 애기 보는 거 너무 좋아해요. 사과하실 거 하나도 없습니다. 까꿍, 까꿍. 또 보자, 응? 우헤헤헤."

"저기, 선생님. 저도 스무 살의 여름 가져왔는데 사인해 주실 수 없을까요?"

"당연히 해드려야죠. 주세요."

"아, 죄송한데 가방에……."

"제가 꺼낼게요. 여기요?"

연우가 여자의 가방에서 책을 꺼내 재건에게 전달했다.

재건이 사인을 해주었고 아기 엄마는 기쁜 표정으로 인사하고는 돌아섰다.

"저 솔직히 반성했어요."

멀어지는 아기 엄마의 뒷모습을 바라보며 연우가 불쑥 말했다. 의미를 몰라 쳐다보는 재건에게 그가 말을 이었다.

"솔직히 처음엔 시시하다는 생각이었어요. 아, 우리 하재건 작가님은 이런 작은 도서관에서 고작 100명 남짓한 사람을 상대로 강연하실 스케일이 아닌데, 하고요."

연우가 뒷머리를 긁적이며 바닥에 대고 한숨을 내뿜었다.

"그런데 지금 저 엄마 보니까 그…… 엄청 뿌듯한 느낌이요. 행사의 크고 작은 문제가 아니라 그, 정말 하 작가님을 필요로 하는 사람에게 도움을 줬다는 자체가 중요하다는 생각이 들었어요. 제가 어휘력이 달려서 자세히 말은 못하겠는데 아무튼 그래요."

재건이 씩 웃으며 고개를 주억거렸다.

소년처럼 투박하고 어설플지언정 진솔한 연우의 말은 그의 가슴에 잔잔한 파동을 일으켰다.

"이 작가님은 좋은 사람입니다."

"네?"

"으음, 피곤하네요. 그럼 한 번 더 운전 부탁드립니다."

재건이 차문을 열고 올라탔다. 연우는 고개를 갸우뚱거리면서도 운전석에 올라 시동을 걸었다. 차는 강연이 끝나자 평소처럼 정숙해진 도서관을 천천히 빠져나왔다.

“그래, 수희야. 이제 강연도 두 번 해보고 나니 어느 정도 감이 잡힌다. 응, 조이엠 강연도 잘해낼 수 있을 것 같으니까 걱정하지 마. 알았어, 아무래도 강연하는 날 보게 될 것 같네. 수고하고 또 전화해.”

전화를 끊고 난 재건은 쓰던 시나리오 대화문 끝머리에 마침표를 찍고 일어섰다.

벽시계가 정오가 되었음을 알려주고 있었다.

“자자, 식사합시다. 다들 드시고 또 일하세요.”

재건이 손뼉을 치며 활기차게 말했다.

정신없이 글을 쓰던 작가들이 퍼뜩 정신을 차리고 고개를 들었다.

“뭔가 하 작가님이랑 우리랑 바뀐 거 같지 않아?”

“내 말이. 하 작가님 이제 감기 완전 나으셨나 봐요?”

“언제 다 나았는데요. 어서 일어나세요. 이 작가님은 뭐 하세요?”

재건이 연우 쪽으로 몸을 돌리며 물었다.

연우는 자신의 모니터에 얼굴을 바짝 들이밀고 있었다. 워드 프로그램이 아닌 인터넷 화면이었다.

“하 작가님, 이거 보세요. 도서관 강연 실시간 검색어에 떴어요. 그 아기 엄마가 쓴 후기도 있고요. 트위터 리트윗도 장난 아니에요."

연우가 호들갑스럽게 연거푸 말을 뱉어냈다.

재건은 대수롭지 않은 표정으로 웃기만 했다. 실시간 검색어에 오르락내리락하는 일 정도는 이제 놀라울 것도 없었다.

"와, 하 작가님! 제 얘기도 있어요! 제가 아기 봐줬다고 저한테 고맙다는 얘기도 있어요! 와, 이럴 수가! 내가 인터넷에 나왔어! 내가 인터넷에 나오다니!"

"이 작가님, 그러다 숨넘어가겠습니다."

그때 신호음이 울리며 현관문이 열렸다. 나란히 들어오는 태원과 소미를 보고 재건은 두 눈을 동그랗게 떴다.

"어? 연락도 없이 어쩐 일이세요?"

"짜잔!"

태원이 히죽 웃으며 두 손을 들어 보였다.

왼손에는 '오스카의 던전' 1권이, 그리고 오른손에는 '더 브레스' 1권이 각각 쥐어져 있었다.

"총판 들어가기 전에 바로 가져왔어요."

"아, 종이책이 벌써 나왔구나. 이야, 예쁘네요."

재건이 받아 든 자신의 종이책을 쓰다듬으며 웃었다. 스마트 기기로 보는 웹소설이 득세하는 시대지만 역시 감촉을 느낄 수 있는 종이책이 좋았다.

"이번에도 선주문 장난 아닙니다. 더 브레스야 벌써 웹소설로 한창 나갔으니 덜하겠지만, 오스카의 던전은 완전 신작이니 내일부터 인터넷 시끌벅적할 거예요."

"정말 고맙습니다. 소미 씨도, 아니, 정 대리님도 일러스트 고생하셨어요. 앞으로도 5권, 6권, 7권 계속 고생해 주세요."

"후훗, 기꺼이요."

웃으며 대답하고 난 소미가 가방에서 '무신 매니지먼트' 1, 2권을 꺼내 연우에게 내밀었다.

"이연우 작가님도 나왔어요. 여기요."

"아, 감사합니다!"

연우가 감개무량한 표정으로 벌떡 일어나 책을 받아 들었다. 그는 어금니를 꽉 악물고 자신을 책을 내려다보며 한동안 몸을 바들바들 떨기까지 했다.

"그렇게 좋으세요?"

"와, 진짜. 하 작가님이랑 같은 곳에서 종이책이 나오다니. 저 대박날 거 같아요. 정말 고맙습니다. 정말로요."

재건이 주변을 힐끗 돌아보고는 제안하듯 말했다.

"이거 아무래도 오늘밤에 래프북스 회식해야 할 거 같은데요. 다들 어떠세요?"

"말씀이라고 하세요? 콜이죠."

"2차까지 가나요? 노래방 가나요?"

누가 먼저랄 것도 없이 웃음이 터졌다. 재건의 입가에도 오래도록 미소가 그치지 않았다. 좋은 작가들과 더불어 보내는 사무실의 하루하루는 즐거울 뿐만 아니라 건강도 되찾아 주었다.

'이제 게임 회사 강연이 끝나면 한동안 깡패의 바다에만 집중할 수 있겠군.'

재건은 사람들과 식사하러 나서며 느긋하게 일정을 정리했다. 여름 하늘이 물감을 뿌려놓은 것처럼 푸르렀다.

BIG LIFE

그와 같은 시각.

타다다닥! 타닥!

탁! 타닥!

여전히 혼자만의 싸움을 지속하는 작가가 있었다. 그의 안색만큼이나 푸르뎅뎅한 모니터 화면을 빼곡하게 채우고 있는 건 벌써 스무 번 이상 수정을 거친 시나리오였다. 더는 타협의 여지가 없는 마지막 수정이었다.

'이걸로 끝이야……!'

그는 마침표를 찍고 난 시나리오를 기획 팀 서버에 올리고 일어섰다.

휴게실로 가자마자 그는 머그컵 가득히 진한 커피를 탔다.

이틀 연속으로 밤을 새운 까닭에 점심을 먹을 생각이 조금도 들지 않았다.

"아, 여기 계셨네요?"

들려오는 목소리에 그는 머그컵을 입에 대려다 말고 돌아보았다. 상대를 알아보자마자 저절로 이가 앙다물어졌다.

기획 이사 남규호가 고급스러운 감색 슈트를 빛내며 다가오고 있었다.

"오전에 시나리오 관해서 회의한다고 말씀 안 드렸었나요?"

걸음을 멈추고 선 규호가 물었다. 그 앞에 선 명훈은 대답 대신 시선을 손에 쥔 머그컵으로 내리깔았다.

"왜 안 오셨습니까?"

"시나리오 작업 중이어서 경황이 없었습니다."

사실은 명훈은 일부러 회의를 피해오고 있었다. 기획 팀 직원들이 보는 앞에서 망신을 당하기 때문이다. 규호 입장에서는 적절한 지적일지 몰라도 명훈에게는 더없는 모욕이었다.

"아, 그러셨어요? 그래서 완성은 됐습니까?"

"방금 전에 서버에 올렸습니다. 확인해 보시죠."

"뭐 이젠 제가 볼 것까진 없을 것 같고요. 이 팀장 선에서 정리되겠죠."

그 말에 명훈이 발끈해서 규호를 쳐다보았다.

"무슨 의미십니까?"

"네? 아아, 오해하지 마세요. 이 팀장이 워낙 알아서 잘 하니까 믿는다는 그런 의미였어요."

규호가 유들유들 웃으며 말을 받고는 커피메이커로 걸음을 옮겼다.

명훈은 입을 꾹 다문 채 그의 뒷모습을 뚫어져라 노려보고 있었다.

'재수 없는 자식!'

외모에서 성격에 이르기까지 규호의 모든 것이 명훈은 싫었다. 언제나 비꼬는 듯한 미소를 지은 채 직설적으로 말을 쏟아낸다. 속이 뒤집혀서 게임 시나리오고 나발이고 뛰쳐나가고 싶었던 게 한두 번이 아니었다.

"오명훈 대 남규호라. 금수저와 금수저가 격돌하는구만."

휴게실 구석의 테이블에 앉아 있던 한 직원이 나직이 중얼거렸다.

맞은편의 직원은 어깨를 움츠리며 속삭이듯 물었다.

"오명훈도 금수저라고?"

"몰랐어? 웅성그룹 차남이잖아."

"뭐? 진짜? 그럼 금수저가 아니라 다이아몬드수저 아냐?"

"그렇지."

"아니, 근데 왜 여기 와서 시나리오 하나 갖고 생고생을 하고 있어?"

"거야 나도 모르지. 아무튼 의외로 뚝심 좋네."

명훈은 자신이 직원들의 입방아에 오르락내리락하고 있는 줄도 모르고 한 잔의 커피를 천천히 마셨다. 규호는 이미 머그컵에 커피를 받아 휴게실을 빠져나가고 없었다.

드르륵!

명훈의 주머니에서 핸드폰이 몸을 떨었다.

꺼내 보니 기획 팀 직원 혜미로부터 메시지가 날아와 있었다.

-회의 녹취록 도움 되셨어요? 오후 기획 팀 회의도 보내드릴게요. 오늘 저녁 8시에 타임스퀘어에서 만나는 거 맞죠?

-네, 그래요.

명훈은 대충 답장을 적고 핸드폰을 주머니에 넣었다.

표정에 짜증스러운 기색이 만연했다.

'멍청한 게 쓸데없는 말로 사람을 귀찮게 하는군. 진짜로 제 주제에 나와 사귈 수 있다는 생각이라도 하는 건가?'

어쨌든 여러모로 쓸 일이 많은 여자인 만큼 한동안은 받아줄 생각이었다.

오늘 보내온 회의 녹취록만 해도 그랬다.

기획 이사 남규호의 역겨운 면상을 보지 않고 그의 생각을 읽어내려면 이런 수밖에 없었다.

'오늘 건 어쨌든 통과되겠고…….'

오늘 서버에 올린 시나리오는 녹취록에서 규호가 언급한 부분들을 전면적으로 수정한 결과물이다. 통과되지 않을 리가 없다는 것이 명훈의 생각이었다.

바로 그때.

휴게실 문이 열리며 수희가 들어왔다.

"……."

수희는 명훈을 한 번 힐끗 쳐다보았을 뿐 아무런 말없이 커피메이커 쪽으로 다가갔다. 회의에도 참석하지 않고 비협조적으로 구는 명훈이 그녀에게도 좋게 보일 리 없었다.

'너만 오면 되는데 왜……?'

명훈은 커피를 타자마자 휴게실을 떠나 버리는 수희의 뒷모습을 바라보며 속으로 물었다. 이토록 잘난 자신에게 아직도 마음을 열지 않는 여심을 도저히 이해할 수가 없는 것이었다.

BIG LIFE

—대박임ㅋㅋㅋㅋㅋㅋㅋ 진짜 웃기는 걸로는 지금까지 풍천유 작품들 중 최고.

—가볍고 웃기면서도 감동이 있네요. 페이지 술술 넘어감.

—전 솔직히 오스카의 던전은 조금 실망했네요. 풍천유 작가님 특유의 묵직함이 좋았는데. 뭐, 그래도 끝까지 보긴 할 듯.

—순문학 좀 쓰고 상 받다 보니 문학병이라도 걸린 거 아닌가 걱정했는데 기우였던 듯. 개꿀잼임.

—3권 나오려면 아직도 3주는 있어야 할 텐데 언제 기다려~ ㅠㅠ 한 달에 두 권씩 내주세요. 빼애애애애애애액!

'이야, 신작도 역시 반응 최고시네.'

모두가 깊이 잠든 자정 무렵의 작가 사무실.

연우는 홀로 자신의 자리에서 인터넷으로 재건의 신작 반응을 살피고 있었다. 절대적으로 호평일색이었다.

'3권이 나오기도 전에 1만 부 판매라니! 종이책이 이 정도면 전자책은 난리가 나겠네.'

연우가 두 눈을 치켜뜨게 만드는 초대형 독자들도 있었다.

인기 절정의 배우 박도준이 자신의 트위터에 사진과 함께 글을 올린 것이다.

—'스무 살의 여름' 하재건 작가님의 또 다른 자아가 완성시킨 소설. 이런 판타지는 영화로 못 만드나? 머리 금발로 탈색하고 당장 오스카 역할 오디션 볼 텐데.

사진 속의 도준은 '오스카의 던전' 1권을 들고 웃고 있었다.

연우는 선망의 빛이 가득한 두 눈으로 한참이나 사진을 들여다보았다. 그런 끝에 긴장한 표정이 되어 키보드 위로 열 손가락을 올렸다. 자신의 작품 반응을 검색해 볼 차례였다.

'뭐야……? 하나도 없잖아?'

1, 2위를 다투는 검색 포털 네이빈과 다움 어디에서도 '무신 매니지먼트'에 대한 글은 찾아볼 수 없었다.

연우는 실망한 기색이 역력한 표정으로 구굴에 접속했다. 그리고 한동안 스크롤을 내린 끝에 한 웹문서를 발견하고 즉각 마우스를 클릭했다.

'대여점 점주들 반응이네?'

–40대 남, 1권 보다 접었다고.

–10대 단골손님, 너무 유치하다고.

–20대 남, 지루하다고. 30대 남, 10년 전 소년만화 보는 듯하다고. 40대 남, 저한테 신경질 냄.

–저희는 빠른 반품함.

"……."

연우의 얼굴에서 핏기가 쭉 빠져나갔다.

데뷔작부터 대박이 나길 바랐던 건 아니다. 하지만 이것은 너무나도 최악의 반응이 아닌가.

점주들의 날 선 댓글은 이제 막 데뷔한 그의 가슴을 날카롭게 후벼 파고 있었다.

'아아, 술 마시고 싶다…….'

사무실에서 음주는 금지였다. 연우는 현관문을 열고 비틀거리는 걸음으로 사무실을 나섰다. 편의점 파라솔에서 소주라도 마시지 않고는 배겨낼 수가 없을 것 같았다.

BIG LIFE

이튿날 오후.

부지런히 글을 쓰던 재건은 무심코 연우 쪽을 쳐다보고는 생각에 잠겼다. 항시 활기찬 연우가 아침부터 병든 닭처럼 기운이 없는 것이다. 재건이 보니 온종일 글도 거의 쓰지 못하고 있는 상태였다.

'혹시…….'

재건은 짚이는 바가 있어 조용히 사무실을 빠져나왔다. 복도 끝으로 걸음을 옮기며 그는 태원에게 전화를 걸었다.

—네, 하 작가님.

"안녕하세요, 대표님. 그게 저, 무신 매니지먼트 반응 어떤지 좀 여쭤보려고요."

태원은 대답에 앞서 한숨부터 내쉬었다.

―예상보다 너무 안 좋네요. 솔직히 썩 재미있는 글은 아니었잖아요. 연우 작가님이 글 쓰신 지 오래된 분도 아니고요.

"조금 그렇긴 하죠."

재건이 수긍하며 말을 받았다.

사실 따지자면 연우의 글은 이것저것 문제가 많은 편이었다. 설명조로 일관하는 지문이 넘쳐 났고 대화문은 기계가 말하는 것처럼 생동감이 부족했다.

"얼마나 나갈까요?"

―300부도 소화하기 힘들 것 같아요. 호흡이 길어서 유료 연재보다는 종이책이 낫겠다고 판단했던 건데, 이것 참 어렵네요. 연우 작가님은 좀 어떤 것 같으세요?

"본인도 벌써 검색해 본 것 같습니다. 아침부터 표정이 영 좋지가 않네요."

―아이고, 큰일이네요. 멘탈 단단히 잡으셔야 할 텐데.

재건은 얼마간 더 대화를 나눈 뒤 전화를 끊었다.

무슨 말로 연우를 격려해야 할지 고심하는 사이, 주머니에 막 넣었던 핸드폰이 진동을 일으켰다.

"여보세요?"

―안녕하십니까, 선생님. 저 부동산 김동길입니다.

“아, 네. 안녕하세요.”

–다름이 아니라 아주 좋은 단독 매물이 나와서요. 확인하자마자 연락드리는 참입니다. 선생님 사시던 원룸에서 10분도 안 되는 거리구요. 가격이 살짝 세긴 한데 선생님도 보시면 아주 좋아하실 겁니다. 오늘이라도 바로 보실 수 있습니다.

“으흠, 네……. 그럼 오늘 바로 보러 갈게요. 넉넉잡고 1시간 내로 가겠습니다.”

기운 없는 연우를 떠올리며 재건은 대답했다.

전화를 끊고 난 그는 사무실로 되돌아와 연우의 어깨를 가볍게 두드렸다.

“네? 하 작가님, 말씀하세요.”

“제가 지금 갈 데가 있는데 같이 드라이브나 할래요?”

연우가 일순 멍해진 얼굴로 재건을 쳐다보았다.

주변의 다른 작가들은 힐끗 돌아볼 뿐 아무 말도 보태지 않았다. 연우의 신작 성적이 나쁘다는 걸 알고 기분 전환을 시켜주려는 걸 눈치로 파악했기 때문이다.

“나가시죠.”

재건이 리카를 가슴에 안으며 재차 권했다.

연우는 떨떠름한 표정을 지으면서도 두말없이 자리에서 일어섰다.

4장
못 버렸어

"어디 가시는 거예요?"

"부동산이요. 이사 가려고 매물 부탁해 뒀는데 괜찮은 게 오늘 나왔다고 하네요. 하자 없는지 저랑 좀 같이 봐 주세요."

"저, 집 같은 거 볼 줄 모르는데요?"

"상관없어요."

"앗, 운전은 제가 하겠습니다. 작가님은 편하게 가세요."

이번에도 연우는 기사를 자처하고 재건보다 먼저 운전석에 올라탔다. 재건은 별수 없이 쓴웃음을 지으며 조수석 문을 열었다.

"편하게 뒷좌석 앉으시지 그러세요."

"조수석이 좋아요. 전면 유리로 바깥 보이는 게 덜 답답하잖아요."

지하 주차장을 빠져나온 차가 도로의 차들 사이로 섞여들었다. 재건이 목적지를 입력한 내비게이션을 힐끗 보면서 연우는 물었다.

"어디, 아파트로 가시는 거예요?"

"단독이요."

"우와, 단독이요? 짱이다. 몇 층짜리예요?"

"저도 가 봐야 알아요."

차는 금세 목적지인 부동산에 도착했다. 재건과 연우는 그곳에 차를 주차시켜 놓고 업자의 차에 몸을 실었다.

"통화로도 말씀을 드렸지만 선생님 보시면 정말 좋아하실 겁니다. 제가 확신합니다. 집도 새 거나 다름없고 정원도 꽤나 넓습니다."

달리는 차 안에서 업자는 내내 자신만만하게 떠들었다.

재건은 그다지 기대하지 않고 희미한 웃음만 입에 머금고 있을 뿐이었다.

'으음……?'

어느 순간 재건이 두 눈을 가늘게 떴다.

푸르른 수목으로 뒤덮인 야트막한 언덕을 등진 한 채의 단독주택이 저 멀리 보이기 시작한 참이었다.

"보이시죠? 저 집입니다."

업자가 재건의 생각을 읽기라도 한 것처럼 말하며 속도를 높였다. 거리가 가까워 오면서 단독주택이 순식간에 시야를 가득히 채웠다.

"와아…… 집 좋다!"

차에서 내린 연우가 입을 찢어져라 벌리며 탄성을 토해 냈다.

지상 2층에 지하 1층의 단독주택이었다.

외관은 상아색, 연갈색 등등 편안한 빛깔의 벽돌로 마감되어 있었다.

"자, 들어가 보시죠. 정말로 보시면 아시겠지만 완전히 새 집입니다. 지은 지는 3년 정도 됐는데 주인이 사정이 있어서 거의 안 살았다고 하더라고요."

업자가 잠기지 않은 대문을 열어젖혔다. 5평가량의 정원은 사람의 손길을 잃은 탓에 잡초가 꽤나 우거져 있었다. 만약 이 집을 사게 되면 정원부터 손봐야겠다고 생각하면서 재건은 정원을 관통했다.

'흐음, 정말 좋은데?'

집 안으로 들어선 재건은 업자의 말이 허언이 아니었음을 실감했다.

1층은 널찍한 거실과 2개의 방, 그리고 1개의 대형 욕실이 설치된 구조였다.

계단을 밟아 내려간 지하 층은 아무런 시설이 되어 있지 않았지만 여러모로 활용할 수 있을 만큼 넓은 공간이었다.

그러나 가장 재건의 관심을 끈 건 2층이었다.

"서재……?!"

재건이 자기도 모르게 중얼거렸다.

그의 등 뒤에서 업자가 호탕하게 웃음을 터뜨렸다.

"그거 보십시오, 제가 선생님께서 좋아하실 거라고 호언장담을 하지 않았습니까? 이 넓은 공간이 죄다 서재입니다."

업자가 양팔을 좌우로 쭉 뻗으며 자랑스레 말하고 있었다.

재건은 입을 다물지 못하고 사방을 돌아보았다.

2층의 약 60%에 달하는 공간이 서재였다. 책장이 병풍처럼 둘러쳐진 가운데 바닥에는 암적색의 융단이 깔려 있고, 벽난로에 흔들의자까지 있었다.

영화에서나 보아왔던 고풍스런 서재의 풍경 앞에서 재건은 한동안 말을 이을 수가 없었다.

언제나 꿈꿔왔던 이상적인 서재 바로 그 자체였다.

"이 집 얼마라고 하셨죠?"

"14억입니다, 선생님."

"으음, 네."

재건은 담담한 눈빛으로 고개를 주억거렸다. 14억 원의 가격이라면 크게 무리는 아니었다. 약간 부족한 현금은 대출로 충당하면 된다.

“이 집으로 할게요.”

재건은 길게 고민하지도 않고 결론을 내렸다.

더 두고 볼 필요도 없을 것 같았다.

외관에서부터 구조, 특히 2층의 서재까지 모든 것이 마음에 쏙 들었다.

‘와……! 14억짜리 집을 이렇게 간단히 사시다니?!’

연우는 기겁해서 숨조차 제대로 쉬지 못하고 있을 지경이었다. 역시 자신과 같은 일개 작가와는 등급부터가 다르다는 생각이 물밀 듯이 밀려왔다.

‘나는 평생을 써도 이렇게는 될 수 없겠지…….’

갑자기 ‘무신 매니지먼트’의 나쁜 성적이 떠오르면서 비애감에 젖어드는 연우였다. 그사이에 업자와 나머지 얘기를 끝내고 난 재건이 다가왔다.

“연우 작가님, 이제 돌아가죠.”

“아, 네…… 네!”

부동산으로 돌아와 차후 일정을 잡은 후 두 사람은 다시 재건의 차에 올랐다.

재건은 작가 사무실로 내비게이션을 설정하려는 연우의 손을 가볍게 밀어냈다.

“저랑 저녁으로 맛있는 부대찌개나 드시러 가시죠. 구로

역 쪽으로 가주세요."

"네, 알겠습니다."

달리는 차 안에서 두 사람은 한동안 아무런 말도 없었다.

차가 적색 신호등 앞에서 멈춰 섰을 때, 재건은 차창 밖으로 시선을 둔 채 나직이 말했다.

"힘내세요, 이 작가님."

"……?"

"상처받는 건 어쩔 수 없지만 글은 손에서 놓지 마세요. 꾸준히 쓰시면 성적은 계속 좋아질 거예요. 저도 최대한 옆에서 도와줄게요."

연우는 입을 꾹 다물고 눈앞으로 시선을 되돌렸다.

양 광대뼈가 부들부들 떨리는가 싶더니, 기어코 그의 두 눈이 촉촉하게 젖어들었다.

"이 작가님?"

울음을 삼키는 소리를 듣고 재건이 놀라서 돌아보았다.

연우는 젖은 눈가를 재빨리 훔치고는 민망한 듯 웃으며 대답했다.

"아, 죄송해요. 제가, 제가…… 지금까지 저 챙겨준 사람 엄마 말고는 세상에 아무도 없었거든요? 누구한테도 이렇게까지 위로받아 본 적이 없거든요?"

연우는 울먹이는 목소리로 말을 계속했다.

"솔직히 어제 힘 빠졌던 거 사실이었어요. 저 따위가 글을 써도 되나 하고 많이 심란했구요. 저, 또 반성할게요. 절대로 약한 모습 보이지 않도록 분발하겠습니다."

"그러셔야죠. 그리고 저 따위라느니 그런 표현도 앞으로는 입에 담지 마세요."

"네, 작가님. 아…… 저 진짜 부탁드리고 싶은 게 있는데요."

"뭔데요?"

연우가 걱정스러운 눈초리로 재건의 기색을 살피며 물었다.

"형이라고 부르면 안 될까요? 정말로 친형 같아서 그래요."

"그게 편하면 그렇게 하세요."

"와, 진짜요?!"

연우는 목소리를 높일 정도로 좋아하며 되물었다.

마침 신호가 풀리면서 그는 액셀을 밟으며 말을 이었다.

"진짜 고맙습니다. 그럼 이제부터 형이라고 부를게요. 아, 형도 저한테 말씀 놓으세요."

"그래, 알았다."

재건이 히죽 웃으며 즉각 대답했다.

호칭을 바꾸는 건 그의 입장에서도 바라던 바였다. 적당한 거리를 유지하기 위해 항시 존대하는 여타 사람들과 달리 연우는 그에게도 친동생처럼 느껴졌다.

"어? 연우야, 속도 너무 높이는 거 아니냐? 과속이야."

"이 정도가 뭐 어때서요. 형, 제가 운전병 출신이라고 몇 번을 말씀드렸어요?"

차가 빠르게 도로를 달려 나가기 시작했다. 차 안에서는 단숨에 형과 동생이 된 두 사람의 웃음소리가 끊이질 않았다.

BIG LIFE

도심에 높이 선 초고층 오피스텔.

명훈은 날카로운 시선으로 빌딩숲의 야경을 훑고 있었다.

양쪽 귀에 꽂은 이어폰에서는 혜미가 녹음한 회의 내용이 흘러나오는 중이었다.

–이 NPC는 던전 입구 지키는 기사라고 했죠? 던전의 마왕 부하도 아닌데 여기 있는 이유가 진정한 용사를 만나고 싶다는 갈망 때문에? 허 참, 이게 말이 됩니까? 멍청해서 기사의 본분을 잊어버린 건지, 아님 할 일이 없는 놈인지.

명훈은 콧등을 구기며 입술을 깨물었다. 규호의 목소리가 자신이 쓴 시나리오를 줄기차게 까대고 있는 것이다.

—이거 찻집의 소녀 퀘스트는 전에도 별로라고 했는데 또 그대로네. 오 작가님 대체 무슨 고집이시지?

—모험가 친구들 이 부분이요. 친구들 사이에 서로를 혼냈다고 표현해요? 난 굉장히 거슬리는데? 오 작가님은 친구들이랑 이렇게 얘기하시나?

—아, 머리 아파. 이거 제가 계속 봐야 됩니까? 이수희 팀장 어디 있어요. 좀 오라고 해요.

명훈의 귀에 들려오는 건 오직 규호의 신랄한 음성뿐이었다.

핸드폰을 쥔 손이 사시나무처럼 떨렸다. 집필에 참고하기 위한 인내력도 바닥이 나버렸다.

차마 더는 들을 수가 없어서 이어폰을 빼려는 찰나, 규호의 말이 이어졌다.

—이 팀장님, 전에 얘기했던 그 하재건이라는 작가 연락됩니까? 이거 아무래도 작가가 하나 더 필요할 거 같은데.

"……?!"

명훈의 두 눈이 까뒤집혔다.

규호의 뒤를 이어 수희의 대답이 흘러나오고 있었다.

–네, 콘텐츠 강연 때도 오시기로 되어 있습니다.

–그래요? 그럼 그때 봐도 되겠네. 그럼 이만 끝냅시다.

명훈이 양쪽 귀에서 이어폰을 뽑아 내던졌다.

그는 전면 유리창을 두 손으로 짚고 고개를 푹 숙였다. 등 뒤의 문이 열리며 혜미가 나오고 있었다.

"명훈 씨, 안 주무세요?"

졸린 눈을 비비며 묻는 혜미는 속옷 차림이었다. 머리칼은 잔뜩 흐트러졌고 얼굴엔 지우지 않은 화장기가 그대로 남아 있었다.

명훈은 돌아보지 않았다.

혜미는 가만히 다가가 그의 몸을 등 뒤에서 껴안았다.

"아, 따뜻하다……."

"샤워하고 나와요."

"네?"

"1층에 기사 대기하고 있어요. 집까지 데려다줄 겁니다."

명훈이 나직이 말하며 돌아섰다.

혜미는 차가운 말투에 일순 멍해 있었다. 그러고는 자신의 적나라한 모습에 부끄러움을 느낀 듯 두 팔로 제 가슴을 가렸다.

'비교가 안 돼.'

명훈은 혜미의 위로 겹쳐지는 수희의 얼굴을 보며 생각했다. 나란히 두고 비교하기가 부끄러울 만큼 모자란 여자였다. 이런 여자를 오피스텔에 들인 것이 실수였다.

“알겠어요. 이만 돌아갈게요.”

혜미는 간단히 세안만 끝내고 옷을 챙겨 입었다. 명훈은 현관으로 향하는 그녀의 뒤를 쫓아가며 지갑을 꺼내 들었다.

“수고했어요. 갖고 싶은 거 있으면 사요.”

혜미의 흔들리는 시선은 명훈이 내민 300만 원의 수표에 꽂혀 있었다. 급기야 그녀는 울컥한 표정으로 명훈을 쏘아보며 물었다.

“왜 돈을 주시는 거예요? 기분이 이상해지잖아요. 저는 돈 같은 거 보고 명훈 씨랑 만나는 게 아니란 말이에요.”

혜미가 울먹이려는 기색을 보였다.

명훈은 짐짓 다정한 눈빛이 되어 그녀를 가슴에 살며시 안으며 달래듯이 말했다.

“고마워서 그래요. 제가 해줄 수 있는 게 이런 것뿐이라서 그래요. 부담 갖지 말고 엉뚱한 생각도 하지 말고 받아주면 돼요.”

이윽고 미끄러지듯 내려간 명훈의 손은 혜미의 가방에 돈을 넣어주었다. 몸을 떨어뜨리고 선 명훈이 웃어 보였다. 혜미는 더 이어갈 말을 찾지 못하고 맥없는 몸을 천천히 뒤로 돌렸다.

'후우, 귀찮아! 어차피 받을 거면서 뭔 말이 저리 많은지.'

혜미가 오피스텔을 떠나자마자 명훈은 머리를 뒤헝클었다.

이용 가치는 충분했지만 예상보다 감성적인 여자였다는 걸 진즉에 알아봤어야 했다.

타다닥! 타닥! 타다다닥!

홀로 남은 명훈은 집중해서 시나리오를 쓰기 시작했다.

회의록에서 규호가 지적한 부분들이 하나하나 수정되어 가고 있었다. 감히 사자인 자신의 영역에 발을 들이밀려는 하이에나를 고이 봐줄 수는 없었다.

BIG LIFE

무더위가 절정에 다다른 8월의 어느 하루.

드디어 완성된 영화 '스무 살의 여름'이 전국적으로 개봉되었다.

투자 배급사 뉴던은 평균 이상의 스크린을 확보하고 공격적인 마케팅을 펼쳤다.

마케팅의 주축은 두 사람이었다.

100만 부 이상의 판매고를 올린 원작자 하재건, 그리고 인기 절정의 배우 박도준이었다.

개봉을 하지만 시사회를 통해 영화를 접했던 재건은 무덤덤했다. 개봉한 당일에도 작가 사무실에서 시나리오 집필에만 몰두하고 있었다.

결말부를 제외하면 이제 거의 다 완성이 되어가고 있었다.

"하 작가님, 그럼 저희들끼리 다녀올게요."

등 뒤에서 민호가 조심스레 말을 건넸다.

재건이 웃으며 돌아보았다. 외출할 채비를 마친 사무실의 모든 작가가 눈앞에 서 있었다.

"잘 다녀오세요. 부디 보시고 돌아오셔서 저 욕하지만 말아주시고요."

"하하하, 그럴 리가요. 그럼 다녀오겠습니다."

드르륵!

작가들이 나가자마자 누나 재인으로부터 전화가 걸려왔다.

"어, 누나."

-진짜 안 올 거야? 네 작품 영화로 만들어진 건데 가족이 다 같이 봐야지.

재인의 목소리에서 발을 동동 구르는 심정이 느껴졌다.

재건은 텅 빈 허공을 바라보며 메마른 목소리로 대답했다.

"몸이 안 좋아서 그래. 아버지랑 엄마랑 다녀와."

-거짓말한다, 또. 하여간 너 진짜 두고 봐. 몰라, 끊어.

전화를 끊고 난 재건은 한숨으로 속을 달랬다.

가족인 만큼 세상 누구보다도 취향에 대해 잘 알고 있다.

부모님과 누나 모두 영화를 보면 실망할 터였다. 영화가 끝난 뒤 태연한 척 자신을 격려해 줄 가족들의 얼굴을 보고 싶지 않았다.

"리카, 이리 와."

재건의 손짓에 리카가 기다렸다는 듯이 책상 위로 뛰어와 키보드 옆에 앉았다. 코에 코를 맞대고 비비며 재건이 말했다.

"내가 만약 오늘부터 인터넷 접속해서 스무 살의 여름 검색하거나 그러면 깨물어줘, 알았지?"

"야옹?"

"그래, 고마워. 이제 시작이다."

타다다닥! 타닥! 타다닥!

재건은 금세 집중력을 되찾고 시나리오를 쓰기 시작했다.

오래전 자신의 손을 떠나 버린 영화 때문에 헛된 시간을 잡념으로 낭비할 수는 없었다.

화면을 빼곡하게 채워가는 글자만큼 늦여름의 하루하루는 빨리도 흘러갔다.

인터넷에서는 개봉한 지 열흘이 지난 '스무 살의 여름'에 대한 기사가 연일 쏟아져 나오고 있었다.

['스무 살의 여름' 개봉 열흘 만에 손익 분기점 돌파. 관객들의 반응은 '어렵쇼?']

['스무 살의 여름' 해외 블록버스터에 맞물려 순항 중]

[관객 수 300만 돌파, '스무 살의 여름' 원작 살펴보기]

[식을 줄 모르는 흥행가도, '스무 살의 여름'의 스코어는 어디까지 올라갈까?]

평소 재건과 알고 지내던 주변 사람 대부분이 '스무 살의 여름'을 보러 극장을 찾았다. 그리고 다들 영화를 재미있게 잘 봤다는 연락을 해왔다.

재건으로서는 고마우면서도 한편으로는 속이 시릴 수밖에 없는 일이었다. 그 누구도 영화에 대해 자세한 감상을 들려주지 않았다. 자신이 상처라도 받을까 배려하고 있는 것이다.

오직 단 한 사람. 절친한 벗 정진만은 예외였다.

업무로 바빠서 다소 늦게 영화를 본 정진은 재건을 만나자마자 벌컥 화부터 냈다.

"야, 이걸 돈 주고 보라는 우재훈 감독 클래스. 씨발, 내가 스파링 신청하고 싶네."

재건은 허탈하게 웃으며 정진의 빈 잔에 소주를 따랐다. 정진이 영화를 본 극장 근처의 술집이었다. 간만에 만나는 친구와의 술자리가 시작부터 까닭도 없이 즐거웠다.

"야, 차라리 네 소설을 안 보고 영화를 봤으면 또 몰라. 그냥 그러려니 하고 킬링타임으로 보고 말았을 수도 있다고. 근데 이건 인간적으로 원작 파괴가 너무 심한 거 아니냐?!"

"그만해."

"시작도 안 했는데 뭘 그만해? 와, 진짜 한주희가 전직 격투기 선수랑 일대일로 맞짱 뜨는 장면에선 뒤로 쓰러질 뻔했다. 관객들 다 어이없어서 빵 터지던데?"

정진은 영화의 부족한 완성도, 그리고 원작과의 괴리감에 대해 날카롭고 예리한 지적을 한참이나 이어갔다. 재건은 묵묵히 자신의 술잔을 비우며 그의 이야기를 들었다.

"이것 좀 봐. 나 혼자만의 생각이 아니라니까?"

정진이 핸드폰을 들이대며 따지듯이 말했다.

'스무 살의 여름' 관람객 1줄 평가가 화면을 가득히 채우고 있었다.

─미친ㅋㅋㅋㅋㅋㅋㅋㅋ 내가 우재훈이 감독했을 때부터 알아봤어야 했는데 누굴 탓하리.
─원작 생각하시고 보면 절대로 안 돼요……. 고딩 영화부에서 만든 독립영화도 이거보단 잘 만들 듯. 감독 넘 쌍판이 궁금하네…….
─말 졸라 많네. 그럼 지들이 만들어 보든가. 난 머리 비우고 볼 수 있어서 재미있던데 ㅎㅎㅎㅎ
─한국 영화의 수준을 다시금 실감했습니다. 원작을 재미있게 봐서 영화도 어느 정도는 되리라고 기대했던 제가 병신이죠.
─이 영화를 보고 만병이 나았습니다.
─그 좋은 원작을 이렇게까지도 말아먹을 수가 있구나.
─하재건 작가님 소주 한잔하고 계실 듯 ㅠㅠ

"이야, 마지막 평가는 족집게네. 소주 마시고 있는 걸 어떻게 알았대?"
"지금 그런 농담이 나오냐?"
"충분히 알고 있어. 시사회에서 미리 봤고 마음의 준비도 다 돼 있었어. 오히려 이 정도 반응이면 그래도 다행인 거야. 난 완전히 망할 줄 알았는데 300만은 넘어갔잖아."

드르륵!

둥근 쇠판 위에서 핸드폰이 몸을 떨었다.

명석의 전화였다.

재건은 정진에게 양해를 구하고 전화를 받았다.

"네, 편집장님."

-안녕하세요, 선생님. 예상보다 영화 반응이 좋아서 다행이에요. 이대로라면 안정적으로 최종 스코어 400만 이상은 찍을 것 같은데요?

"그게 참 신기해요. 인터넷 보면 죄다 욕밖에 없는데요."

-원래 그런 겁니다. 흥행한 작품들 중에 평점 낮은 것도 수두룩하잖아요. 아, 그리고 좋은 소식 있어요. 영화 덕분에 스무 살의 여름 이번에 또 증쇄했습니다.

"또요?"

-네, 조만간 150만 부 돌파예요. 축하드립니다.

"하하하, 감사합니다. 편집장님 마케팅 덕이 커요."

-그리고 깡패의 바다요. 이대로 진행하시면 될 것 같아요. 트리트먼트로 요약해서 보내주신 결말도 아주 깔끔하고요. 역시 깡패가 죽는 것보단 여주랑 소소하지만 행복하게 살아가는 게 좋죠. 요즘 사람들 해피엔딩을 좋아해요. 희망이 있잖아요.

"마음이 놓입니다. 그럼 이제부턴 소설화 진행할게요."

-네, 선생님. 좋은 저녁 되세요. 아, 그리고 선인세 입금해 드렸으니 확인해 보시고요.

"아아, 선인세요? 책도 아직 안 나왔는데 고맙습니다. 그럼 저녁 맛있게 드세요."

재건이 전화를 끊자마자 정진이 기다렸다는 듯이 물었다.

"선인세라니? 깡패의 바다인가 그거 말하는 거냐?"

"어, 시나리오 쓴 걸 토대로 소설 써서 먼저 출간할 거라."

재건이 그렇게 대답하며 인터넷 뱅킹에 접속했다.

웅성출판 그룹의 명의로 정확히 1억 원의 금액이 입금되어 있었다.

"얼마 받았어?"

"음, 1억."

정진은 순간 의자째 뒤로 넘어가려는 시늉을 해 보였다.

"1억? 넌 아무렇지도 않은 표정으로 그 말이 나오냐? 야, 작품이 나오기도 전에 선인세 1억? 너 14%랬지? 내가 언뜻 아는 출판사 사람한테 들었거든? 너 이거 이미 국내에서는 최고 대우 아니냐? 이만열이나 공지용급 아냐?"

정진의 말은 틀리지 않았다. 재건이 맺은 계약 조건은 이미 국내에서는 최고 대우였다. 14% 이상을 줄 수 없는 건 초판 10만 부 이상을 팔아야 이익을 남길 수 있기 때문이다.

마케팅을 비롯한 온갖 비용을 감내하고 안전하게 수익을

창출하려면 출판사 입장에서도 이 수치가 한계였다. 물론 일정 부수 이상이 판매된 시점부터는 추가로 또 인세가 붙긴 하지만.

"알아서 오늘 쏠 테니까 그만해라."

"당연히 쏴야지. 야, 내 입만으로는 안 돼. 효진이랑 수희도 불러서 협공으로 벗겨먹어야지."

"벌써 불렀어. 둘이 지금 같이 오고 있을 거야."

"뭐, 진짜? 이야, 역시 재건이뿐이야!"

"속 보여, 인마."

BIG LIFE

그날 밤.

연예계 뉴스에는 '스무 살의 여름'을 감독한 재훈이 등장했다. 재훈은 특유의 거만한 자세로 다리를 꼬고 앉아 취재 기자의 질문에 대답하고 있었다.

[스무 살의 여름이 흥행하면서 재기에 성공하셨다는 평가입니다. 소감이 어떠신가요?]

[우선 한시름 놓았죠. 열연해 주신 박도준 씨에게 가장 감사하고 있습니다.]

[아, 그런데 말입니다. 항간에는 원작과의 괴리감이 극심하다, 혹은 원작의 좋은 점을 제대로 살려내지 못했다 하는 식의 평가들도 꽤나 들려오고 있는 형편이거든요? 여기에 대해서는 어떻게 생각하시는지요?]

재훈이 대답에 앞서 기자를 쏘아보았다. 매서운 그의 눈빛은 마치 '넌 뭐 쓸데없는 소릴 하고 있어?'라고 묻는 듯했다.

하지만 방송용 카메라 앞에서 평소의 드센 성격을 내보일 수는 없는 노릇이다. 재훈은 헛기침으로 혈기를 가라앉히고는 대꾸했다.

[흠, 애초에 원작에 문제가 많았습니다.]

[문제요?]

[그러니까 그…… 영화로 만들기에 어려운 점이 많았습니다. 작중 캐릭터들의 성격도 모호하고, 이야기가 진행되는 시점이 상당히 복잡하게 꼬여 있거든요. 아무래도 제가 영화로 만들면서 그런 부분들에 있어 손을 많이 댈 수밖에 없었죠. 그런데 좋게들 봐 주셔서 다행입니다.]

팟!

TV가 꺼지면서 화면을 가득 채우고 있던 재훈의 능글거리는 얼굴이 사라졌다. 새까매진 화면 위에는 재건의 허탈한 표정이 비치고 있었다.

"뭐야, 이건……."

재건은 어처구니가 없어 자기도 모르게 혼잣말을 내뱉었다.

재훈의 말은 '내가 감독을 한 덕분에 이 정도 흥행이라도 성공한 거다'와 다를 바가 없었다.

방송이기에 평소의 경망스런 성격을 숨기고 우회해서 표현한 것이리라.

'나만 심각하게 받아들이는 건가?'

재건은 떨리는 손을 꾹 누르며 진지하게 생각했다.

내가 '스무 살의 여름'을 쓴 원작자이기에 너무 깊게 받아들이는 게 아닐까. 다른 사람들이 보기엔 별문제 될 소지가 없는 발언이지 않았을까.

'못 버렸어…….'

어쨌거나 재건은 한 가지 사실을 분명히 깨달았다.

영화화가 결정된 이후 완전히 마음에서 떠나보냈던 게 아니었다. 억지로 외면해 오고 있었을 뿐이다. 분신과도 같은 작품이 부조리하게 괄시당하는 꼴을 보니 현기증이 일었다.

드르륵!

핸드폰이 울리며 연우로부터 전화가 걸려왔다.

일단 재건은 의아했다. 자정이 다 되어가는 늦은 시각에 이렇게 전화를 걸어올 연우가 아니기 때문이다. 무슨 일이 있나 싶어서 즉시 전화를 받았다.

"어, 연우야."

–형, 이거 대체 뭐예요? TV 보셨어요?!

거칠기 짝이 없는 연우의 목소리는 귀가 아플 정도로 컸다.

"TV?"

–우재훈 감독 나와서 씨부리는 거 보셨…… 아. 죄송해요, 형. 저도 모르게 말이 거칠어져요. 아 너무 화가 치밀어서요.

씩씩거리는 연우의 표정이 눈앞에 그려지는 듯했다.

재건은 비로소 그가 흥분해서 전화를 걸어온 이유를 깨닫고 미간을 찌푸리며 웃었다.

"너도 봤구나."

–아니, 형. 어떻게 저따위로 말을 할 수 있어요? 원작은 별로인데 자기가 영화로 잘 만들어서 성적이 좋은 거다, 이런 뜻 아니에요?! 저런 말은 방송국에서 편집해야 되는 거 아닌가?!

"편집할 만큼 지나친 멘트라고 생각하진 않았겠지. 흥분 좀 가라앉혀."

—어떻게 흥분을 가라앉혀요? 열 받아서 미쳐 버릴 거 같다고요. 와, 나 진짜! 아니, 지가 뭐라고?! 수두룩한 영화 망쳐 놓은 같잖은 감독 주제에 감히 형의 원작을 까?!

"됐어, 그만해."

재건이 소리 없이 웃으며 대답했다. 자기 일처럼 화를 내주는 연우가 고마웠다. 분노가 끓기 시작하려던 찰나의 속을 효과적으로 달래주고 있었다.

—형! 저런 허접한 감독 신경 쓰지 마세요. 저건 개가 짖는 거지, 말이 아니라고요. 아셨죠?! 스무 살의 여름은 짱이라고요!

"알았다니까. 고맙고, 늦었으니까 얼른 자라. 내일 사무실에서 보자."

—네, 형. 형도 안녕히 주무시고 내일 뵐게요. 아 놔……!

연우의 이를 가는 목소리는 전화를 끊기 직전까지 이어졌다.

재건은 핸드폰을 내려놓고 한껏 기지개를 켰다. 입가에는 여전히 웃음이 걸려 있었다.

'고맙다, 연우야.'

고작 연우의 전화 한 통에 분노가 완전히 지워졌다면 거짓말이다. 어쨌든 위안은 확실히 받았다. 스스로에게 도움이 전혀 되지 않는 부정적인 울화만큼은 확실히 사라졌다.

‘신경 쓸 거 없지. 나는 나답게 가면 된다. 지금까지 해왔던 것처럼.’

마음을 다잡은 재건은 컴퓨터 앞이 아닌 원룸 바닥에 깐 이부자리로 가 몸을 눕혔다. 지금은 숙면하고 체력을 보충해야 할 때였다. 침대 위에 대 자로 뻗은 정진의 코골이는 계속되고 있었다.

42장
급한 사람은 따로 있지

이튿날 아침.

재건은 정진을 깨우고 함께 아침을 먹었다. 메뉴는 편의점에서 사온 도시락이었다.

"요즘 편의점 도시락 죽이지 않냐?"

"그러게. 그래도 너무 많이 먹으면 물리더라."

정진이 입안의 음식을 우물거리며 원룸 내부를 두리번거렸다. 그의 두 눈에 가득 깃든 감정은 아직 이른 그리움이었다.

"내가 이 원룸 보는 것도 오늘로 끝일 거 같네."

"헛소리하지 마, 이사하는 날 와서 도와줘야지."

정진이 즉시 토할 것 같은 얼굴을 했다.

"그냥 사람 써. 돈도 잘 버는 놈이 친구를 부려먹어?"

"중요한 물건들 있으니까 그런 거나 같이 챙겨 달라고."

"자장면으로 때우면 죽일 거다. 근데 집은 얼마냐?"

"13억 3,000."

"졸라 비싸네. 3,000은 좀 깎아주지 뭐냐?"

"14억에서 7,000을 깎아서 이렇게 된 거야."

밥을 다 먹고 난 정진은 부랴부랴 샤워를 마치고 옷을 입었다. 구겨진 셔츠를 손으로 탁탁 털면서 그는 투덜거렸다.

"아씨, 또 이대로 출근해야 돼. 걍 어제 집에 들어가는 거였는데."

"야, 애들 다 말렸어. 네가 굳이 3차까지 해야 직성이 풀리겠다고 우리 집 온 거잖아."

"아무튼 간다. 술 좀 깨게 걸을 거니까 따라오지 마."

문턱을 나서다 말고 정진이 걸음을 멈췄다.

그는 슬쩍 재건을 돌아보고는 짤막하게 말했다.

"그 머저리 같은 감독은 신경 꺼라."

"그새 인터넷 봤냐?"

"진짜 간다."

정진이 나가고 문이 닫혔다. 낯간지러운 게 싫어서 지나치듯 위로를 건네고 떠난 친구가 고마워서 재건은 또 웃었다.

이제 자신이 출근을 준비할 차례였다. 선선한 아침의 공기가 무척이나 맑았다.

"리카, 가자."

리카와 함께 사무실에 도착한 재건은 9시가 되어 작업을 시작했다. 따뜻한 커피를 홀짝이며 타자를 두드리는 감각이 여느 때보다 즐겁게 느껴졌다.

"하 작가님, 오늘 기분 좋으신가 봐요?"

정오가 되어 점심을 먹으러 나설 즈음 소미가 불쑥 물었다. 일러스트 작업을 하는 날만큼은 그녀도 꼭 작가 사무실에 출근하곤 했다. 사무실 컴퓨터 사양이 높아서 작업에 용이한 까닭이다.

"그냥 날씨 좋잖아요."

재건은 싱긋 웃으며 답했지만 실은 거짓말이었다. 오전 내내 '깡패의 바다'를 쓰면서 리카를 통해 소미의 감성을 공유했다. 덕분에 여자 주인공 바다의 매력과 심리 묘사가 대폭 상승하고 있었다.

점심을 먹고 돌아와서도 재건은 오전의 방식 그대로 작업을 이어갔다. 소미는 다행스럽게도 사무실을 떠나지 않고 내내 곁에 머물러 작업하고 있었다.

'으음……!'

오후 3시가 넘었을 무렵.

재건이 작업을 멈추고 상체를 뒤로 길게 젖혔다. 확연해진 피로감이 온몸을 짓누르고 있었다.

'오늘따라 금방 피곤하네. 어제 애들이랑 술을 마셔서 그런가?'

특별히 과음을 했던 것도 아니었다. 다음 날을 걱정해서 소주 1병을 채 마시지 않았다. 재건은 커피를 마시려고 늘어지는 몸을 억지로 일으켜 세웠다.

'……리카?'

창틀에 모로 길게 드러누운 리카가 보였다. 재건은 가만히 다가가 리카의 얼굴 위로 손가락을 흔들어 보였다. 아무런 반응이 없었다.

'뭐지?'

재건이 작업할 때의 리카는 몸을 웅크린 채 얕은 잠을 자는 것이 보통이었다. 조금만 기척이 느껴져도 바로 깨어나곤 했다.

"리카, 자는 거야?"

재건이 부드럽게 목덜미를 쓰다듬으며 물었다.

리카가 살며시 두 눈을 떴다. 졸린 기색이 역력한 두 눈빛으로 재건을 올려다보고는 아주 작게 울음소리를 냈다.

'이거 혹시……?!'

리카와 시선이 교차한 순간.

한 번도 생각한 적 없었던 요소가 뇌리에 번득였다.

재건은 입을 반쯤 벌린 채로 지나간 일들을 곱씹는 중이었다.

'그러고 보면 감성을 공유할 땐 항상 금방 지쳤던 것 같아. 나도 모르게 잠든 적도 여러 번이었고.'

흔들리는 재건의 두 눈이 리카를 가득 담고 있었다.

감성을 공유할 때 리카도 나처럼 힘들었던 것이 아닐까? 어쩌면 매개체인 리카는 훨씬 더 큰 피로를 느끼고 있었던 건 아닐까?

'리카, 맞아? 내 생각이 맞는 거야?'

재건이 무릎을 구부리며 리카와 눈높이를 맞추고 속으로 물었다.

리카는 한껏 하품을 하더니 상체를 느릿느릿 일으켜 앉았다. 그러고는 대답하듯 까칠한 혀로 재건의 코를 핥았다.

작업하던 은영이 힐끗 보며 물었다.

"하 작가님? 리카 어디 아파요?"

"아니요. 그냥…… 얘기하고 있었어요."

은영이 피식 하고 웃음을 터뜨리며 말을 이었다.

"가끔 보면 하 작가님이랑 리카 사이 질투난다니까. 하 작가님 정말로 리카랑 결혼하실 생각이신 거 아니에요?"

그 말에 소미가 일러스트를 그리던 손을 멈추고 동그래진 두 눈으로 돌아보았다. 상대가 리카인데도 결혼이란 단어가 그녀를 무심결에 놀라게 만들었던 것이다.

'미안, 리카. 앞으로 길어져도 하루에 1시간은 안 넘길게.'

'야옹.'

작가와 고양이가 두 눈으로 의사를 교환했다.

재건은 리카를 한 번 더 안아준 다음 커피를 마시고 자리로 돌아왔다. 열 손가락을 키보드 위로 올리면서 그는 가슴 깊이 심호흡을 했다.

'내 힘으로 해보자. 리카가 힘들어한다면 지나치게 의지할 수는 없어.'

재건은 두 눈을 지그시 감았다. 지금껏 보아왔던 소미의 수많은 면모가 하나둘씩 떠올랐다. 이윽고 움직이는 열 손가락은 바다가 된 소미를 문장으로 툭툭 털어내기 시작했다. 무척이나 느릴지언정 진솔했다.

BIG LIFE

-편집장님, 깡패의 바다 초고 보내드립니다. 확인하시고 연락 부탁드릴게요.

"으음? 벌써 소설 초고가 완성됐다고?"

명석은 무심코 일주일밖에 지나지 않은 달력을 확인하고 있었다. 소설화를 진행하기로 통화한 뒤 일주일밖에 지나지 않았는데 초고가 완성됐다니.

"그 전부터 쓰셨던 건가? 하여간 우리 하 선생님 부지런하시지."

명석은 쿡쿡 웃으며 메일에 접속했다. 그리고 가장 위에 올라와 있는 재건의 원고를 클릭해 즉석에서 읽기 시작했다.

'역시 좋아. 시나리오에서 느낀 재미 그대로군.'

명석은 또 출근부터 재건의 소설에 빠져들고 있었다.

서울과 인천 일대를 주름잡는 폭력 조직의 행동 대장 조강재.

강재는 부모님의 병원비를 받는 대가로 적대 조직의 1인자인 김필우를 습격한다. 하지만 죽이지 못하고 미수로 끝나자 자수하려던 계획을 철회하고 몸을 숨긴다.

강재의 조직과 필우의 조직 사이에는 대대적인 전쟁이 일어나고, 몸을 숨긴 강재에게는 새로운 정보가 들어온다. 필우에게 숨겨진 딸이 있다는 것이다.

강재는 바다라는 이름을 가진 필우의 딸을 협상에 이용할 생각을 품게 된다. 그래서 바다가 사는 동해의 소도시로 찾아가는 것이 이야기의 시작이었다.

명석은 1시간이 조금 넘게 걸려 초고를 전부 읽었다. 커피를 타는 동시에 그는 재건에게 전화를 걸었다.

—네, 편집장님.

"안녕하세요, 선생님. 깡패의 바다 전부 다 읽었습니다. 아주 좋습니다. 언제 이렇게 쓰신 겁니까?"

—시나리오가 중반까진 완성됐고, 결말부까지도 다 정해졌잖아요. 덕분에 소설로 쓰기가 수월했습니다. 대신 시나리오는 아직도 완성이 안 됐죠. 어떠셨어요?

"조금 전에 아주 좋다고 말씀드렸잖습니까. 스무 살의 여름만큼 재미있으면서도 작품성은 더 탁월한 것 같습니다. 우리나라 독자들은 드라마를 좋아하기 때문에 아주 잘 먹힐 겁니다. 초고 그대로 출간해도 딱히 무리가 없을 것 같아요."

—고맙습니다. 그래도 퇴고는 해야죠.

"이거 정말 죄송한 말씀이지만 최대한 빨리 퇴고를 해주시면 좋겠습니다. 스무 살의 여름이 아직도 불티나게 팔려 나가고 있어요. 이럴 때 바로 차기작을 출간해 주시면 판매 효과가 훨씬 클 거거든요."

—아무래도 그렇겠죠. 그럼 일주일 정도면 될까요?

"네? 일주일이요? 하하하, 그렇게까지 서두르실 건 없습니다. 넉넉잡고 한 달 안에만 주시면 돼요."

—그럼 충분하네요. 최대한 서둘러 보겠습니다. 달리 지적하실 부분은 없으세요?

"아, 으음. 특별히 지적이라고 하긴 좀 그렇고요……."

말끝을 흐리는 명석의 두 눈이 소설 제목을 훑고 있었다.

"제목을 바꾸셔야 하지 않을까, 그런 생각을 조금 하고 있습니다."

—역시 제목이 문제군요. 저는 바닷가에 살고 있는 바다라는 이름의 여주라서 나름대로 괜찮지 않나 했는데…….

다소 풀 죽은 듯한 재건의 목소리에 명석이 냉큼 말을 받았다.

"아, 네. 나쁘지는 않은 제목입니다. 그럼요. 저는 그게 그…… 깡패라는 단어가 들어가서 그게 조금 거슬린다는 겁니다. 좀 거칠고 적나라한 표현이니까요."

—그러면 건달의 바다는요?

명석은 하마터면 얼떨결에 한숨을 내쉴 뻔했다.

"저기, 하 작가님. 다른 측면으로 제목을 고려해 보시는 것이 어떨까 합니다. 저도 고심해 보겠습니다."

—정말 매번 고맙습니다.

명석은 몇 마디 대화를 더 나눈 뒤 전화를 끊었다.

그러자마자 미스터리움 편집부 직원에게 전화를 걸어 지시했다.

"편집부 전 직원에게 알리세요. 다들 내일까지 깡패의 바다 초고 읽으시고 좋은 제목 생각하셔서 각자 10개 이상씩 제출하시는 겁니다."

지시를 끝낸 명석도 창가로 가 커피를 마시며 좋은 제목을 고심하기 시작했다.

더불어 영화화가 결정된다면 믿고 맡길 수 있을 감독에 대해서도. 늦여름의 포문에 얻어맞은 하늘이 구름 한 점 없이 푸르렀다.

"오셨어요, 감독님."

"어, 그래~! 수고!"

투자 배급사 뉴던 사무실로 들어서는 재훈의 발걸음이 기운찼다.

'스무 살의 여름' 관객 수가 어느덧 350만을 넘어가는 중이었다. 스스로도 요즘 양어깨 위에 빌딩을 세웠다고 농담을 곧잘 내뱉을 정도였다.

"도준아."

"오셨어요."

책을 읽고 있던 도준이 엉거주춤하게 일어서며 인사했다. 영화를 끝낸 그의 헤어스타일은 투 블록 컷으로 바뀌어 있었다.

"그건 또 뭔 책이냐?"

맞은편 소파에 육중한 몸을 앉히며 재훈이 물었다.

"오스카의 던전? 판타지야?"

"하재건 작가 거요. 이 사람 원래 풍천유란 필명으로 무협이랑 판타지도 썼잖아요."

"1권 있음 잠깐 줘봐."

재훈이 '오스카의 던전'을 건네받아 첫 장을 펼쳤다. 원래 무협이면 몰라도 판타지는 웬만해선 손이 안 가는 성미였다.

하지만 하재건의 작품이라면 얘기가 달랐다.

"흠, 재밌네."

"이런 판타지 좀 영화로 만들어주세요."

"여기가 헐리웃이냐? 뭐 만들어줄 테니까 네가 투자하든가."

재훈은 5분가량을 더 읽은 끝에 책을 덮으며 부탁했다.

"이거 집에 가서 읽게 좀 빌려주라."

"그냥 가시는 길에 사시지."

입으로 툴툴거리면서도 도준은 '오스카의 던전'을 2권까지 내밀었다.

재훈은 책을 받아 들며 오늘 얘기할 주제의 말머리를 꺼냈다.

"미스터리움에서 제안서 날아왔더라."

"무슨 제안서요?"

"하재건 차기작. 시나리오는 반쯤 완성됐는데, 소설부터 출간하겠다고 소설 작업하는 중이라던데? 이거."

도준은 재훈으로부터 A4 파일을 건네받았다.

'깡패의 바다(가제)'라는 제목이었다.

시나리오 초반부와 이후의 전개가 트리트먼트로 간략하게 기재돼 있었다.

"벌써부터 돌리는 걸 보면 어지간히 자신 있나 보지?"

재훈이 심드렁하게 건네는 말이었다. 도준은 신중한 표정으로 파일을 훑어본 끝에 고개를 들었다.

"다 봤어요."

"어떤 거 같아?"

"재미있네요. 주인공 조강재도 매력적이고."

재훈이 예상한 반응이었다는 듯 고개를 끄덕이며 말을 받았다.

"미팅 한번 잡아볼까 하는데."

"누구랑요?"

"누구긴. 오명석이랑 하재건이지."

도준이 한쪽 눈두덩을 무심코 찌푸렸다. 재훈은 슬쩍 눈치를 살피면서도 허세 가득 깃든 어조로 말을 잇는 것이었다.

"뭐, 스무 살의 여름도 그랬고 하재건 글줄이 쓸 만은 하잖아? 게다가 웅성에서 또 대대적으로 밀어줄 거고. 이번 소설도 100만까지는 아니더라도 몇십만 부는 우습게 가지 않겠어?"

재훈이 담배를 꺼내 물었다.

한 번 일그러진 도준의 표정은 좀처럼 펴지지 않고 있었다.

'과연 하재건이 순순히 수락할까?'

그간 도준 앞에서 재훈이 재건의 인성과 실력을 폄하한 게 한두 번이 아니었다. 방송 인터뷰에서 '원작에 문제가 많았다'는 식으로 운운한 건 빙산의 일각에 지나지 않았다.

"감독님, 하재건 싫어하시는 거 아니에요?"

"당연히 싫지. 어린놈의 글쟁이 새끼가 좀 떴다고 말야, 어? 눈 똑바로 치켜뜨고 건방지게……!"

잠시 말을 멈춘 재훈이 담배를 뻑뻑 빨고는 한 움큼 연기를 토해냈다.

"아무튼 일은 일이야. 뭐, 요즘 딱히 눈에 띄는 시나리오도 없는데 한 번 더 하재건 거 써보자는 거지."

끝까지 솔직하지 못한 대답이었다.

실상 따지자면 아쉬운 건 재훈 쪽이었다.

재건의 글이 좋다는 건 부정할 수 없는 사실이었다. 불티나게 팔려 나간 원작에 힘입어 영화가 흥행했다는 점도 속으로는 인정하고 있었다.

무엇보다 이 차기작을 영화화하게 되면 투자자들은 아낌없는 지원 사격을 펼쳐 줄 것이다.

이제 가까스로 재기에 성공한 재훈은 재건의 등에 업혀 안전하게 다음 작품을 이어가고 싶었다.

“도준아, 이거 얘기 잘해서 우리 한 번 더 터뜨려 보자.”

“저요?”

“그래, 조강재 역 너한테 잘 맞을 거 같더라. 극중 나이도 이십 대 후반이고. 마치 하재건이 널 염두에 두고 만든 캐릭터 같던데?”

도준은 쉽사리 대답하지 못하고 파일로 눈을 내리깔았다.

사실 그는 벌써 조강재 역할에 끌리기 시작했다.

부모님의 병원비와 애정을 느끼게 된 적대 조직원의 딸 사이에서 번민하는 젊은 건달을 꼭 연기해 보고 싶었다. 원작자가 하재건인 만큼 완성도 측면에서도 충분히 믿음이 있었다.

“어? 도준아. 어떠냐? 드라마 치우고 나랑 영화 하나 더 가자.”

재훈이 얼마 기다리지 못하고 재촉하듯 물었다. 그는 초조한 심정이었다. 제안서를 뉴던에만 돌렸을 리가 없으니까. 다른 업체들보다 먼저 재건을 잡아야 한다.

“설득하실 수 있겠어요?”

이윽고 고개를 든 도준이 심각하게 물었다.

“제가 본 바로는 하 작가도 자존심 장난 아닌 거 같던데요.”

"자존심 세봤자 애송이야."

"방송 인터뷰도 안 봤을 리가 없는데."

"씨발, 그거 편집해 달라고 했는데. 망할 기자 새끼가 헛소리를 해서 나도 모르게 울컥해 가지고. 아무튼 그 부분은 내가 알아서 잘 처신할 거니까 네가 신경 쓸 거 없어."

재훈이 두 개비째의 담배를 꺼내 입에 물었다.

도준은 답답해서 한숨을 내쉬었다. 협상이 잘되더라도 걱정이고 안 되더라도 걱정이었다.

무엇보다 큰 걱정은 감독이 우재훈이라는 점이었다. 과거에 받았던 온정 때문에 쉽사리 거절하지 못하는 스스로가 한심스러웠다.

BIG LIFE

"우와, 이게 몇 인치야? 80인치?! 미쳤다!"

거실 한가운데에서 대형 TV를 마주하고 선 연우가 탄성을 내질렀다. 이사를 끝난 재건의 집에 놀러 와 집 안을 둘러보는 중이었다.

"와, 홈시어터 봐. 여기 그냥 영화관이네, 영화관!"

연우는 텅 비었던 때와는 완전히 달라진 집 안을 부리나케 돌아다니며 구경했다.

TV뿐만이 아니었다.

휘황찬란한 새 가전제품들이 넓은 집 적재적소에 배치되어 있었다. 안정적이고 편안한 느낌의 유럽풍 인테리어는 덤이었다.

"돈 억수로 들었겠네. 어? 지하에도 뭐 만들려고 하시나?"

지하로 내려가 보니 온갖 공사용 자재가 산처럼 쌓여 있었다. 발을 들이밀기도 어려워서 연우는 다시 계단을 밟아 올라왔다. 마침 샤워를 끝낸 재건이 젖은 머리를 털며 욕실에서 나오고 있었다.

"형, 지하도 뭐 공사하는 중이세요?"

"어, 정원 전체적으로 손보는 김에. 지하는 휴게실 전용으로 꾸며볼까 싶더라고. 가족이랑 친한 친구들도 가끔 오고 그럴 거라서."

"휴게실이요? 뭐 만드시려고요?"

"지금 생각한 건 일단 한쪽에 바 설치하고, 중고로 당구대랑 테이블 축구, 핀볼 게임, 다트 게임 정도 갖다 두려고. 아, 동전 넣는 오락기도 들여놓을 거야. 나 고전 게임 좋아하거든."

연우는 입을 다물지 못한 채 엄지손가락을 척 하고 들어 보였다.

"형, 저 형네 지하실에서 평생 살라고 해도 살 수 있을 거 같아요! 형, 당구 몇 치세요? 으악, 아~ 미칠 거 같다!"

재건은 호들갑을 떠는 연우를 보며 싱긋 웃었다.

업체를 통해 보안 시스템까지 완벽하게 구축했기에 마음이 편했다. 큰 문제는 다 해결됐고 자잘한 공사만이 남았다.

"얼마간은 사무실 못 나갈 거 같다. 공사 때문에 집에서 써야 할 거 같아."

"네, 형. 오늘은 저도 여기 온 김에 형이랑 같이 써도 될까요?"

"안 될 게 뭐 있어. 올라가자."

재건은 연우를 데리고 2층 서재로 올라갔다.

고풍스런 쌍여닫이문이 바깥 방향으로 활짝 열려 있었다.

리카를 중심에 둔 서재의 풍경이 한눈에 들어왔다. 텅 비었던 책장의 한쪽 면은 책으로 가득 채워진 상태였다.

"와, 형. 그사이 책 많이 가져다 두셨네요. 몇 권이에요?"

"모르겠다. 5,000권 조금 넘을걸."

"다 읽어보신 거예요?"

"이제 샀는데 언제 읽어. 앞으로 부지런히 읽어야지."

말과는 달리 재건은 이미 500권 이상을 읽었다.

어젯밤에만 해도 잠이 안 와서 뿔테 안경을 쓰고 1시간 동안 20권의 책을 읽었다. 작가의 삶을 영위하기 위해 독서는 중요했다.

책장 옆으로 횡으로 긴 작업용 테이블이 구비되어 있었다.

재건과 연우는 나란히 앉아 각자의 노트북으로 글을 쓰기 시작했다. 리카는 넓은 창가에 웅크리고 앉아 경계하듯 정원을 주시하는 중이었다.

드르륵!

핸드폰이 울리며 명석으로부터 전화가 걸려왔다. 재건은 글을 쓰는 연우를 생각해서 핸드폰을 들고 서재를 나왔다.

"네, 편집장님."

—안녕하세요, 선생님. 집필은 어떠세요?

"막히는 부분 없이 잘되고 있습니다."

—다행입니다. 다름이 아니라 신문사 몇 군데랑 네이빈, 그리고 다음에서 선생님을 인터뷰하고 싶다고 요청이 들어와서요. 차기작 출간을 앞둔 시기이기도 하니 한두 군데는 응하시는 게 좋지 않을까 싶은데요.

"편집장님이 정해주시면 그대로 따르겠습니다."

—네, 그럼 아무래도 네이빈이 좋겠네요. 한 가지 더 드릴 말씀이 있습니다. 제안서 돌렸는데 우재훈 감독으로부터 가장 먼저 연락이 왔어요.

"흐음, 네……."

대답하는 재건의 눈앞으로 TV에서 본 재훈의 능글거리는 표정이 아른거리고 있었다.

—굉장히 저자세로 나오더라고요. 그리고 TV 방송에 대해서도 본인이 언급했어요.

"뭐라던가요?"

—시청률 때문에 앞뒤가 안 맞게 악의적인 편집이 되었다고 하던데요. 자기가 문제가 많았다고 한 건 원작 계약을 하면서 생긴 곁가지 제반 사항들이지 선생님의 원작을 폄하할 마음은 눈곱만치도 없었답니다.

재건은 한 손으로 뻐근해진 뒷목을 주무르고 있었다.

잠시 뜸을 들인 끝에 명석이 조심스럽게 물었다.

—선생님 의향은 어떠세요?

"편집장님 의향은요?"

—실리적인 측면만을 따지자면 협상이 어떻게 되건 우재훈 감독과도 미팅을 잡는 건 나쁘지 않은 일이라고 봅니다. 세간의 평가야 어찌 됐든 영화는 성공했고 투자자들은 활짝 웃고 있어요.

"역시 그렇겠죠."

재건은 나직이 대답하며 생각을 정리했다.

어차피 미팅을 하게 되면 주요 화두는 시나리오가 될 것이다. 이번엔 자신의 요청대로 시나리오를 온전히 맡겨줄 것인지 그 점이 가장 중요했다.

—급한 일이 아니니 천천히 생각해 보셔도 됩니다, 선

생님.

"알겠습니다. 고맙습니다."

전화를 끊고 난 재건은 다시 자리로 돌아가 앉았다. 본의 아니게 통화를 엿듣고 있었던 연우가 슬그머니 고개를 돌리고 물었다.

"무슨 일이세요? 깡패의 바다 편집장님 같던데."

"어, 뭐. 그냥 글 잘 쓰고 있냐고."

재건은 대충 말을 받으며 열 손가락을 키보드 위로 올렸다. 다시 글을 쓰기 시작하자마자 재훈의 존재와 관해서는 새까맣게 잊어버렸다.

43장
함성이 요란하군

"건방진 자식!"

쾅!

명석과의 전화를 끊자마자 재훈은 커다란 주먹으로 책상을 내려쳤다.

"천천히 생각해 보겠다고?! 새파란 글쟁이 놈이! 이 우재훈은 한가해서 보자는 줄 아나?!"

재훈은 허공을 향해 팔뚝질까지 해대며 성을 냈다. 하인처럼 고개까지 조아리며 통화하던 것과는 완전히 다른 모습이었다. 옆에서 보는 도준은 어처구니가 없을 뿐이었다.

"이거 혹시, 벌써 다른 감독이랑 얘기 끝난 거 아냐?"

재훈이 눈알을 이리저리 굴리며 중얼거렸다.

도준은 심드렁하게 하품을 하고는 자리에서 일어섰다.

"어디 가?"

"채린이 만나기로 했어요."

"야야, 도준아. 채린이는 나중에 만나고 부탁 하나만 하자."

"무슨 부탁이요?"

"하재건한테 전화 한 통만 때려봐라."

도준이 어정쩡하게 선 채로 얼굴을 살짝 굳혔다.

"저더러 하재건을 불러내란 말씀이세요, 지금?"

"그래, 웅성 통해서 만날 거 뭐 있어? 이건 어차피 하재건이랑 나 사이의 일인데. 꼬인 매듭을 풀려면 일단 낯짝을 봐야 할 거 아니냐. 이 자식이 수틀려서 뻗대나 본데 부탁 좀 하자. 술이나 한잔하자고 해봐. 나는 몰라도 너하고는 아무 문제없잖아?"

"아, 싫어요. 저 그만 갈게요."

"야, 도준아! 도준아! 너, 거기 딱 서!"

튕기듯이 일어선 재훈이 문턱에서 도준을 가로막고 섰다.

"내가 너한테 못해준 게 뭐 있냐? 이 정도 부탁도 못 들어줘?"

"아, 감독님. 이건 그런 문제가 아니라 좀 그렇잖아요. 그냥 며칠 맘 편하게 기다려 보세요."

"맘 편하게 기다릴 수가 없으니까 그렇지, 인마!"

반쯤은 울상이 되어 소리치는 재훈이 사무실에 비치된 전화기를 집어 들었다. 그러고는 비굴한 웃음을 입가에 머금은 채 재건의 전화번호를 누르는 것이었다.

—여보세요.

통화가 연결되고 재건의 목소리가 들려왔다.

재훈은 억지로 도준의 손에 전화기를 쥐어주고는 애원하듯 두 손을 싹싹 비벼대는 시늉까지 해 보였다.

도준은 헛웃음을 터뜨린 끝에 전화기에 대고 대답했다.

“안녕하세요, 작가님. 저 박도준입니다.”

—아, 네. 안녕하세요.

“잘 지내셨어요?”

—네, 잘 지냈죠. 영화 잘 봤습니다. 연기를 너무 잘해주신 덕분에 영화가 빛이 나더군요.

“고맙습니다. 열심히 찍은 보람이 있네요.”

잠시 대화가 끊기고 정적이 일었다.

재훈은 소리 없는 외침을 연발하며 빨리 대화를 계속하라고 손짓하는 중이었다.

“한번 뵙고 싶은데요.”

—저를요?

“네, 그러니까 뭐…… 배우가 아니라 독자로서 이것저것 얘기하고 싶었던 게 좀 많았습니다.”

—그러고 보니 얼마 전에 오스카의 던전 읽으시고 트위터

에 올려주셨죠. 지금 생각났네요. 정말 고맙습니다.

“뭘요. 진짜 재밌어서 올린 것뿐인데. 아무튼 어떠세요? 저녁 식사 한번 하시죠.”

–더 거절하면 예의가 아니겠네요. 언제 뵐까요?

“혹시 오늘 저녁은 어떠세요? 저도 스케줄이 마침 없는 날이기도 하고요.”

–좋습니다. 어디서 뵐까요? 아무 데서나 뵐 수는 없을 것 같으니 장소를 정해주시죠.

장소까지 정해진 다음 도준은 전화를 끊었다.

눈앞에서 쾌재를 부르는 재훈에게 점점 더 정이 떨어지는 기분이었다.

오후 7시가 되기까지 10분을 남겨둔 무렵.

압구정 로데오역에 들어선 지하철이 속도를 줄인 끝에 완전히 멈췄다.

문이 열리고 우르르 내려서는 사람들 사이엔 재건도 끼어 있었다. 술을 마시게 될지도 몰라서 지하철을 택했던 것이다.

재건은 즉시 출구를 찾아 걸음을 내디뎠다. 초행이었지만 미리 약도를 봐두었기에 길 찾기에 어려움은 없었다.

재건이 역을 막 벗어났을 때였다.

"저, 저기요."

난데없이 교복을 입은 대여섯 명의 고등학생이 재건을 둘러쌌다. 덩치 큰 남학생도 섞여 있어서 갑작스레 포위를 당한 재건은 일순 흠칫했다.

"죄송한데요. 작가의 서재 나온 하재건 작가님 맞으세요?"

"아아…… 네."

비로소 재건이 경직됐던 표정을 누그러뜨리고는 미소로 대답했다. 여학생들은 꺅꺅거리며 서로 손을 맞잡고 발을 동동 구르는 둥 난리도 아니었다.

"맞잖아! 난 한 번 본 얼굴은 절대 안 까먹는다니까!"

"스무 살의 여름 영화 보고 나서 책도 읽었어요! 근데 책이 훨씬 잼나는 거 같아요!"

"작가님, 애플티 채린 언니랑 친해요?! 막 자주 만나서 놀기도 하고 그래요?"

"애플티 다른 멤버들하고도 아세요?"

"영화 찍으면서 도준 오빠도 보신 적 있으세요?"

재건을 중심에 두고 학생들은 한참이나 재잘거렸다. 그들에게 일일이 사인을 해주고 사진까지 찍고 나서야 재건은 그 자리를 벗어날 수 있었다.

'이런, 늦겠다.'

손목시계를 들여다본 재건의 발걸음이 빨라졌다.

약속한 한정식집은 역에서 멀지 않았기에 금세 도착할 수 있었다. 두 사람의 여직원이 재건을 공손하게 맞아들였다.

"수고하십니다. 예약이 되어 있다고 하는데요."

"네, 성함이 어떻게 되시죠?"

"박도준으로 되어 있을 겁니다. 저는 하재건이라고 하고요."

"아아, 네. 이쪽으로 오시지요."

여직원은 재건을 식당 내측의 한 자리로 인도했다.

자리를 둘러싼 원목 칸막이가 주변의 시야를 차단하고 있었다. 재건은 칸막이를 빙 돌아 안쪽으로 들어섰다.

"아, 오셨어요?"

도준이 자리에서 일어나 재건을 맞았다. 그러나 재건은 말문이 막혔다. 도준 혼자만이 아니라 감독 재훈도 동석하고 있었기 때문이다.

"안녕하세요. 오늘 도준이가 작가님과 저녁 약속을 했다길래, 염치불구하고 끼어들었습니다. 여러모로 드리고 싶은 말씀도 많아서요."

"……."

재건은 묵묵부답이었다.

재훈의 말이 정말 사실일까? 어떻게든 나와 만나고 싶어서 도준을 이용한 것이 아닐까?

어느 쪽이든 불쾌한 기분은 가시지 않았다. 예의상 적어도 만나기 전에 언질은 줬어야 했다.

"하 작가님, 이쪽으로 앉으시죠."

도준이 우두커니 서 있는 재건에게 나직이 권했다. 이대로 자리를 박차고 돌아가 버릴까 봐 걱정이었다.

다행히 재건은 착잡한 표정이긴 해도 일단 자리에 몸을 앉혔다. 도준도 그의 옆으로 자리를 잡았다.

"우선 방송 인터뷰 건에 대해 사과부터 드리고 싶습니다."

재훈이 기다렸다는 듯이 준비한 말을 꺼냈다.

"그거 편집 문젭니다. 그러니까 저는 작가님의 원작에 문제가 있었다는 것이 아니라, 원작을 영화로 가공하는 과정의 문제를 제기한……."

"됐습니다."

물 한 모금을 마시고 난 재건이 말을 잘랐다.

"이미 지나간 일이고 잊어버렸습니다. 이 자리에서 거론해 봤자 달라질 것이 없는 이야기라고 생각해요."

"아하하……! 네, 네. 이거 참. 알겠습니다."

재훈이 나오지도 않는 웃음을 황망히 터뜨렸다.

사과가 먹혀들지 않았다는 것쯤은 바보라도 알 수 있었다. 재건의 대답은 사과를 받아주기는커녕 오히려 재훈이 잘못했음을 지적하고 있었다.

'크으, 이 건방진 놈……!'

재훈이 부글부글 끓는 속을 혼자서 달래는 사이 주문한 음식들이 상 위에 가득 깔렸다. 재훈과 도준은 젓가락을 들었지만 재건은 가만히 생각에만 잠겨 있었다.

"하 작가님, 여기 음식이 괜찮습니다. 드셔보세요."

"감독님은 깡패의 바다 때문에 절 보려고 하신 거죠?"

재건은 진중해진 표정으로 즉시 본론에 돌입했다. 길게 끌고 싶지 않은 이야기였다. 어차피 협상에서 중요한 부분은 시나리오 하나였다.

"으음, 네. 뭐, 그렇습니다."

재훈은 뒷머리를 긁적이며 순순히 답할 수밖에 없었다.

"이번 작품도 내용이 아주 좋더군요. 한 번 더 제게 맡겨 보시죠. 물론 스무 살의 여름 때문에 다소 불만족스러운 부분도 있으실 거라고 봅니다. 이번에는 최대한 하 작가님의 의견을 반영해서 한번 제대로 만들어 볼 생각입니다."

"아직 소설이 출간된 것도 아니고 시나리오도 미완성 상태인데 좋게 봐 주셔서 감사드립니다."

"하 작가님 필력이야 이미 검증이 됐는데요. 트리트먼트만 보고서도 확 감이 왔어요. 하하하."

재훈이 상체를 들썩이며 너털웃음을 터뜨렸다.

그에 반해 재건은 여전히 무표정하기만 한 얼굴로 말을 계속했다.

"영화화가 될지 안 될지 벌써부터 확신할 순 없지만, 이번에도 판권료 책정이라든가 기타 추가 수익 조항 같은 건 전부 오명석 편집장님께 부탁드릴 생각입니다."

"아, 네네."

"제게 중요한 건 단 한 가집니다."

재건이 강조하듯 손가락 하나를 곧추세워 보였다.

"제 원작의 분위기를 그대로 계승한 영화가 만들어지는 겁니다. 텍스트로 된 세계를 스크린에 올리려면 여러 어려움이 따른다는 것은 저도 막연하게나마 알고 있습니다. 하지만 적어도……."

재건이 목울대를 한 번 울리고는 말을 이었다.

"제가 쓴 시나리오가 100% 반영되면 좋겠습니다. 이것이 제가 바라는 한 가집니다."

"으음……."

재훈이 즉각 대답하지 못하고 침음을 흘렸다. 그에겐 재건의 말이 자신을 신뢰할 수 없다는 의미로 들렸다. 또 그것이 사실이리라.

'망할 애송이가 자부심은……! 진짜 투자자들만 아니었어도 진즉에 내쳐 버렸을 텐데! 아, 그냥 내쳐 버릴까?'

어느덧 재훈의 표정에도 불편한 심기가 조금씩 드러나고 있었다.

자신이 누군가. 여러 영화를 흥행시키고 한국에서 최상위권 반열에 오른 유명 감독 아닌가.

그런 자신에 비해 하재건은 아직 새파란 애송이다. 나이도 한참이나 어린 주제에 조금도 입장을 굽히지 않고 의견을 또렷하게 피력하고 있는 것이다.

"감독님? 왜 말씀이 없으시죠?"

재건이 담담한 어조로 재차 물었다.

재훈은 치미는 울화를 억누르며 테이블이 대고 나직이 대답했다.

"알겠습니다. 그렇게 하겠습니다. 하 작가님 시나리오를 사용하겠습니다."

정말이지 인기 감독으로서의 체면도 내던진 한마디였다.

그런데 재건의 요구는 여기에서 그치지 않았다.

"계약 조항에 확실하게 넣어주세요."

"네?"

"모든 장면을 제 시나리오와 똑같이 따르겠다는 그런 조항 말입니다. 물론 이야기의 전개상 좋지 않은 부분이 있으면 수정하겠습니다만, 이것 또한 저와의 협의 후 진행되는 것으로 계약 조항에 확실하게 넣어주시기를 부탁드립니다."

더는 태연한 자세를 유지할 수 없게 된 재훈이었다.

삽시간에 양쪽 귓불이 빨갛게 달아올랐다. 두툼한 양 뺨은

지진이라도 난 것처럼 뒤흔들리고 있었다.

"이보세요, 작가님……!"

재훈이 두 눈을 가늘게 뜨고 으르렁거리듯이 말을 이었다.

"시나리오 작가가 영화를 찍는 감독보다 위에 설 수 있다고 생각하는 거요?"

"표현이 이상하십니다. 제가 드리는 말씀은 감독님보다 위에 서고 싶다는 게 아닙니다. 제가 쓴 시나리오가 올곧게 반영될 거라는 법적인 약속을 원하는 겁니다."

"그게 그 말 아니요? 이럴 거면 왜 감독이 있겠소? 작가들이 직접 찍으면 될 일이지. 현장에서 영화를 찍다 보면 여러 변수가 나오는 법이고 감독의 재량으로 영화가 바뀌기도 하는 법이요!"

재훈의 언성이 부쩍 높아졌다.

재건은 전혀 위축되는 일 없이 차분하게 대답을 이었다.

"적어도 평범한 여대생이 전직 이종 격투기 선수를 상대로 싸워서 이기는 변수는 안 나왔으면 좋겠다는 말씀입니다. 범인이 쫓아오는 절체절명의 위기인데 여유롭게 눈물을 흘리며 사랑을 고백하는 변수도 마찬가집니다."

"뭐요?!"

재훈이 자리에서 벌떡 일어섰다. 칸막이 너머로 자리에서 일어난 몇몇 손님이 이쪽으로 시선을 던지고 있었다.

"하 작가님, 지금 날 놀리는 거요?!"

"제 생각과 전혀 다른 영화가 만들어지는 건 스무 살의 여름 하나로 끝내고 싶을 뿐입니다."

재건은 한마디도 물러서지 않고 담담하게 응수했다.

바로 그때, 젊은 남자 직원이 다가와 난처한 기색으로 재훈에게 말했다.

"죄송합니다만, 손님……. 주변 손님들로부터 시끄럽다는 항의가 들어오고 있습니다."

재훈이 이글거리는 눈초리로 직원을 쏘아보았다.

"당신, 내가 누군지 몰라?"

"네? 아, 저…… 죄송합니다."

직원이 당황해서 덮어놓고 사과부터 했다. 그가 알아본 사람은 배우 도준 말고는 없었다. 애초에 감독이란 게 얼굴이 아니라 영화로 유명해지는 직업 아닌가.

"왜 실실 웃어? 내가 우스워?"

"아니, 아닙니다. 제가 죄송해서 그만……."

직원이 즉시 입가에서 미소를 지우고 다시금 고개를 조아렸다. 돌아서서 멀어져 가는 직원의 등에 대고 재훈은 중얼거렸다.

"요즘 젊은 것들은 싹수가 없어요. 윗사람들을 존경할 줄도 모르고 자기 잇속에만 관심이 있다니까? 이러니까 나라가 이 모양 이 꼴이지."

도준의 얼굴에 그늘이 졌다. 언뜻 직원을 향해 내뱉은 것 같지만 실상은 재건더러 들으라고 한 말이기 때문이었다.

재건은 살며시 웃었을 뿐 더는 나서지 않았다. 아무런 득도 되지 않을 불필요한 감정싸움은 사양이었다. 유치하기 짝이 없어서 딱히 화가 나지도 않았다.

"죄송하지만 제가 컨디션이 좋지 않아서요."

재건이 의자를 뒤로 밀고 몸을 일으켰다.

"먼저 일어나 보겠습니다. 저녁 맛있게 드시고 나중에 연락 부탁드립니다."

재건이 두 사람에게 차례차례 인사하고는 식당을 나섰다.

문 너머로 재건의 모습이 사라지자마자 재훈은 탁자를 내려치며 분통을 터뜨렸다. 맞은편의 도준은 초조한 심정이 되어 침묵하고 있었다.

'이건 아닌데.'

그간 도준은 재건의 무수한 작품을 찾아 읽었다.

재건이 만들어낸 환상적인 세계관 속에서 수도 없이 울고 웃었다. 책과 친하지 않았던 자신에게 독서의 즐거움을 깨우쳐 주기도 한 작가였다.

도준이 초조해진 까닭도 이런 이유에 기인하고 있었다. 재건의 존재는 이제 그에게 예전보다 각별해져 있었다. 작품을 읽으면 읽을수록 같은 나이임에도 불구하고 존경심마저 일어나는 형편이었다.

이윽고 도준은 자리에서 몸을 일으켰다. 재건을 전화로 불러낸 사람은 자신이다. 이대로 돌려보낼 수는 없다고 생각했다.

"화장실 가게?"

"죄송한데 저 먼저 나가볼게요."

"뭐? 왜? 너 혹시……? 야, 박도준! 너 당장 이리 안 와?!"

낌새를 알아챈 재훈의 두 눈이 까뒤집혔다.

절정의 인기를 구가하는 도준은 더없이 소중한 재목이었다. 차가운 외모와 달리 의외로 의리가 있어서 다루기도 쉬웠다.

재건의 작품이 아니더라도 차기작 역시 도준을 주연으로 기용하려고 점찍어 둔 상태였다.

그런데 자신을 내팽개치고 싹수가 노란 재건을 쫓아 나가다니?

재훈으로서는 광분하고도 남을 일이었다.

"나중에 전화 드릴게요, 감독님."

"야, 박도준!"

도준은 재훈의 부름을 뒤로 하고 식당을 빠져나왔다.

입구 어귀에 서 있던 두 매니저가 그의 앞을 막아섰다.

"도준아, 어디 가?"

"형, 방금 작가님 나와서 어디로 갔어?"

"지하철역 쪽으로 가시던데? 어어? 야, 박도준! 사람도 많은데 혼자 어딜 가려고?!"

도준은 무수한 인파를 헤치고 지하철역을 향해 내달렸다. 선글라스를 착용해도 한눈에 알아본 사람들이 부지기수였다. 달리는 도준을 쫓아가는 사람들의 손에서 카메라 플래시가 연신 폭발하고 있었다.

"하 작가님!"

재건의 뒷모습을 발견한 도준이 소리쳐 불렀다. 이제 막 계단을 내려가려던 재건이 놀란 표정으로 돌아보았다.

그의 앞에 멈춰선 도준은 양 무릎을 짚고 구부정하게 서서 거친 숨을 몰아쉬었다.

"무슨 일로 이렇게 달려오셨어요?"

재건이 얼떨떨한 표정으로 주위를 돌아보며 물었다. 삽시간에 수많은 사람이 그들의 주변을 둥글게 에워싸고 있었다. 지하철역으로 내려가는 길은 완전히 막혀 버렸다.

"하아……! 드릴…… 드릴 말씀이 있었는데 깜박했습니다."

"저에게요?"

도준이 고개를 끄덕이며 허리를 곧게 폈다.

어그러진 호흡을 어느 정도 되찾은 그의 표정이 본래대로 되돌아왔다. 이윽고 그는 재건 앞에서 90도로 허리를 숙였다.

"지금 뭐하시는 거예요?"

"오늘 정말 죄송했습니다."

깊숙이 허리를 굽힌 배우 박도준.

그 앞에 당황스런 얼굴로 선 작가 하재건.

두 사람의 모습이 담긴 사진은 벌써부터 SNS를 타고 인터넷 곳곳으로 퍼지기 시작한 참이었다.

"도준아, 정말 괜찮겠냐?"

"괜찮다니까. 그리고 집에 들어왔는데 안 괜찮으면 또 어때? 걱정 그만하고 형도 들어가서 자. 오늘 고생 많았어."

도준이 손을 휘휘 내저으며 말했다. 발그레한 얼굴로 두 눈만 힘을 가득 줘서 부릅뜨고 있었다. 술에 취한 사람이 아닌 척하는 전형적인 모습이었다.

"그래, 간만에 푹 쉬어라. 술은 더 마시지 말고. 내일 저녁에 광고주 만나야 하는 거 기억하지?"

"내가 바보야? 잔소리 그만하고 얼른 가."

"알았다. 내일 보자."

도준의 오피스텔에서 나온 매니저는 차로 걸어가면서 피

식 웃음을 터뜨리고 있었다.

'어지간히 죽이 맞나 보네. 나랑 채린이 말고는 누구 하나 집에 들인 적이 없는 녀석인데.'

지금 도준의 집에는 한 사람의 손님이 와 있었다.

손님의 정체는 다름 아닌 재건이었다. 테라스에 선 그는 선선한 공기로 술기운을 달래며 도심의 야경을 내려다보고 있었다.

'후우, 자제해야지. 더 마시면 내일까지 힘들겠다.'

술자리의 시작은 도준이 잘 아는 일본식 선술집이었다.

역까지 부랴부랴 쫓아온 매니저가 사람들의 눈을 피하자고 제의했고, 재건은 그들에게 이끌려 가 술잔을 기울였던 것이다.

술자리는 이것으로 그치지 않았다. 술이 꽤나 오른 도준은 편안한 곳에서 2차를 하자며 재건을 붙잡았다. 재건이 다음에 또 마시자고 거절해도 막무가내였다.

결국 매니저가 운전하는 차에 타버렸고 내려 보니 도준의 오피스텔이었다.

'편안한 곳이 설마 자기 집이었다니.'

돌아선 재건의 두 눈 가득히 넓은 거실이 들어왔다.

블랙 앤 화이트 톤으로 꾸며진 50평형대의 오피스텔이었다.

깔끔하면서도 한편으론 차가운 인상이어서 혼자 지내기엔 외롭지 않을까 하고 재건은 문득 생각했다.

"거기서 뭐 하세요, 작가님."

매니저를 보내고 돌아온 도준이 물었다. 딸꾹질을 하는 그의 양손에는 각각 위스키 한 병과 유리잔이 들려 있었다.

"집 구경 좀 하고 있었습니다. 스타의 집에 와보게 되다니 신기해서요."

"신기할 게 뭐 있습니까. 사람 사는 집이 거기서 거기죠. 이쪽으로 오세요."

"정말로 더 드실 수 있겠어요?"

"저 하나도 안 취했어요. 안주를 깜박했네. 뭐 드시고 싶으십니까. 치즈랑 과일 있고 또……."

"아무거나 괜찮습니다. 배도 많이 불러서요."

두 사람은 소파에 마주 앉아 술잔을 부딪쳤다. 독한 위스키를 목젖으로 넘기며 재건과 도준은 약속이나 한 것처럼 동시에 이맛살을 찌푸렸다.

"이거 독하네요."

"첫 잔이라 그런 겁니다. 몇 병 선물 받았는데 맛이 괜찮아요. 한 잔 더 받으세요."

비워지는 술잔 너머로 다양한 대화가 오갔다.

작가로 살아가는 재건의 이야기가 주요 화두였던 1차와는 달리, 이곳에서는 연예계에 발을 들인 도준의 삶이 쏟아져 나오고 있었다.

"……그렇게 뜨내기처럼 모델 활동을 하다가 우재훈 감독님과 인연을 맺게 됐죠. 은혜를 꽤 입었어요. 덕분에 영화판에 수월히 발을 들여놓을 수 있었으니까요."

"은인이시네요."

"아, 죄송합니다. 감독님 얘기 껄끄러우실 텐데."

"저 신경 쓰지 마시고 편하게 얘기하세요. 그건 제 문제니까 그런 부분까지 신경 쓰실 거 없으세요."

도준과의 대화가 재건은 즐거웠다. 뚜껑을 열어보니 의외로 사고방식이 꽤나 통하는 것이다. 자기 과시를 즐기는 건방진 성격인 줄로만 알았는데 편견이었다.

글감을 얻어내야 할 작가의 입장에서도 더할 나위가 없는 수확이었다.

재건은 인기 스타가 들려주는 연예계의 생생한 이야기들을 하나도 놓치지 않으려 두 귀를 쫑긋 기울이고 있었다.

"아우, 제 얘기만 너무 떠들었네요. 작가님, 스트레이트로 드시기 힘드시면 얼음 좀 가져다 드릴까요?"

"아니요, 괜찮습니다. 그것보다 저……."

재건이 잠시 머뭇거린 끝에 넌지시 말했다.

"오늘 쭉 생각했던 건데요. 저를 작가님이라고 부르시니까 호칭이 고민됩니다."

"호칭이요? 그냥 편하신 대로 이름 부르세요."

"저만 도준 씨라고 하면 좀 그러니까, 도준 씨도 그러면 제 이름 부르시죠."

도준이 싱긋 웃으며 술병을 들었다. 재건의 빈 잔 가득히 술을 따르며 그는 떠보듯이 말했다.

"동갑이니 친구 먹어도 되지 않을까 싶은데."

"친구요?"

"28살 맞잖아요? 아, 나이가 중요한 게 아니구나. 이거 제가 너무 앞서갔죠?"

도준이 취한 두 눈을 내리깔며 멋쩍게 웃었다. 재건은 스스로 술을 따르려는 그의 손으로부터 술병을 빼앗으며 대답했다.

"그렇게 해요."

"네?"

"친구 저도 좋습니다. 인기 배우와 친구라니 더없는 영예죠."

재건이 너스레를 떨며 술을 따라 주었다. 도준은 환해진 얼굴로 술잔을 높이 들며 물었다.

"그럼 말도 까나?"

"그래야지."

술기운에 힘입은 두 사람은 스스럼없이 말을 놓고 한바탕 웃음을 터뜨렸다.

술 한 잔을 쭉 들이마시고 난 도준이 말을 이었다.

"크으, 친구 먹었으니 솔직히 말 하나만 할게."

"뭔데?"

"너, 생긴 건 샤프한데 헤어스타일이 너무 평범해. 언제나 다니는 숍 한번 같이 가자."

재건은 쓴웃음으로 고개를 내저으며 도준의 농담을 받았다.

"나야 글쟁이인데, 뭐."

"요즘은 작가들도 꾸미고 사는 시대야. 넌 방송까지 탄 대형 작가잖아. 아무튼 이건 해본 소리고……."

웃음기가 지워진 진중한 표정으로 도준이 말했다.

"깡패의 바다 영화화되면 나 꼭 주연하고 싶다."

"없는 말이라도 고맙네."

"진짜라니까? 조강재 캐릭터 완전 내 취향에 직격이었다. 스무 살의 여름 이진혁보다 제대로 연기할 자신 있어. 내가 지금 하는 말들 꼭 기억해 줘라. 괜히 하는 소리 아니라고."

재건이 미소로 고개를 끄덕였다.

"알았어. 그럼 나도 친구 먹은 기념으로 할 말 있는데."

"뭔데? 말해봐."

재건이 대답을 하려는 찰나.

현관문 쪽에서 비밀번호를 입력하는 신호음이 울렸다.

"어, 뭐지. 매니저 형이 뭐 두고 갔나? 있어봐."

도준이 소파에서 일어나 비틀비틀 현관으로 걸음을 향했다.

이미 집 안으로 들어온 방문자는 복도를 돌아 도준 앞에 모습을 나타냈다.

"오빠!"

재건이 두 눈을 동그랗게 치켜떴다. 폴짝 뛰어서 도준의 허리를 두 다리로 감고 매달리는 방문자는 걸그룹 애플티의 리더 채린이었다.

"아, 뭐야. 연락도 없이."

"전화를 몇 번이나 했는데! 안무 연습 끝나고 시간 비면 놀러 온다고 했잖아. 유리도 같이 왔어."

"유리도? 야, 채린아. 잠깐만……!"

도준은 술이 달아난 얼굴로 황급히 채린을 떼어내려 했다.

그들의 뒤로 애플티의 멤버 중 하나인 유리가 트레이닝 복 차림으로 나타났다. 유리와 재건의 시선이 교차했다.

"손님 계셨네?"

유리의 말에 채린은 비로소 도준의 어깨 너머로 앉아 있는 재건을 볼 수 있었다.

어색한 몸짓으로 일어서는 재건을 바라보며 채린은 입을

찢어져라 벌렸다.

"하, 하재건 작가님……?"

채린은 창백해진 안색으로 도준을 보며 어떻게 된 일인지 물었다. 난처한 도준은 뺨부터 긁적이고는 말했다.

"오늘 좀 달렸어. 재건아, 채린이 알지? 이쪽은 유리."

"애플티 모르면 간첩이지. 안녕하세요, 채린 씨, 유리 씨."

"아, 안녕하세요. 근데 하 작가님이랑 오빠랑…… 언제부터 말을 놓을 만큼 친해졌어?"

"오늘부터. 재건아, 잠깐만 얘기 좀 하자."

재건을 테라스로 데려간 도준은 한숨과 함께 사연을 설명했다. 채린과 사귀는 사이라는 그의 말에 재건은 딱히 놀라지도 않고 고개를 끄덕였다.

"부탁인데 비밀 지켜주라. 애플티 주가 한창 오르는 중인데 이거 터지면 문제가 좀 크다."

"걱정하지 마. 나 입 무거워."

재건은 도준을 안심시키고 함께 거실로 돌아왔다.

소파에 나란히 앉아 심각하게 대화를 주고받던 채린과 유리가 동시에 입을 꾹 다물었다.

"염려 마세요. 도준이에게도 말했지만 저 입 무거워요."

"고마워요, 작가님. 아, 정말 너무 놀랐어요. 도준 오빠 집에서 하 작가님을 뵙게 될 줄 누가 알았겠어요."

채린은 달뜬 얼굴에 손부채질까지 해대고 있었다.

재건은 자리에 앉는 대신 손목시계를 들여다보고는 도준에게 말했다.

"오늘은 이만 갈게."

"뭘 벌써 가? 애들도 왔는데 더 놀고 천천히 가."

"그래요, 작가님. 이대로 가시면 서운해요."

"꼭 저희가 와서 불편해하시는 것 같잖아요."

채린에 이어 유리까지 말렸지만 재건은 웃으며 고개를 내저었다.

"슬슬 돌아가려던 참이었어요. 내일 사무실도 나가봐야 해서요. 다음에 또 기회가 생기면 그때 뵙겠습니다."

"재건아, 그럼 기다려 봐. 차 불러줄게."

"앞에서 택시 잡으면 돼. 정류장 있던데 뭐."

현관에서 신발을 신은 재건은 문을 열다 말고 도준을 돌아보았다.

"아까 친구된 기념으로 하려던 얘기 깜박할 뻔했네."

"아, 그래. 무슨 말 하려던 거였어?"

"깡패의 바다 주연 맡고 싶댔지? 그건 내가 바라던 바야. 조강재 캐릭터, 널 모델로 삼아서 만들었거든."

"……그게 정말이야?"

도준이 믿어지지 않는다는 눈치로 되물었다. 재건은 웃으며 그의 어깨를 가볍게 툭 쳤다.

"난 거짓말 못 해. 갈게."

재건이 나가고 문이 닫힌 뒤에도 도준은 그곳에 우두커니 서 있었다.

천천히 옆으로 고개를 돌린 그는 전신 거울의 자신과 시선을 마주쳤다. 이윽고 벌어진 그의 입에서 인상 깊었던 대사가 흘러나왔다.

"비열한 삶은 이제 신물이 나. 당신이라는 바다를 보고 알게 됐어. 당신의 끝없는 바다처럼, 내 안에도…… 내 안에도 바다가 있었는데……!"

"오빠, 혼자 거기서 뭐 해?"

"다음 작품 주인공 연습하는 중이야."

"다음 작품이라니? 영화 벌써 정해졌어?"

"나중에 말해. 방해하지 말고 가서 유리랑 위스키나 마셔."

채린이 콧방귀를 뀌며 홱 돌아섰다.

도준은 아랑곳하지 않고 거울을 보며 조강재의 대사를 이어갔다.

자신을 모델로 만들어냈다는 재건의 말은 더없는 환희로 그의 가슴을 한껏 벅차오르게 만들었다.

-하 작가님, 오스카의 던전 이번에 또 증쇄합니다. 페젤론이랑 지존록 시리즈보다 더 많이 팔리겠는데요? 코믹 KT 포함해서 몇 군데 업체서 웹툰 제의도 들어오고 있어요.

-하 선생님, 바다가 있었다 사전 예약 5만 부 모조리 소화했습니다. 이번 작품도 순조롭게 흥할 것 같습니다.

승승장구라는 표현이 딱 어울리는 나날이었다.

종이책으로 출간된 '오스카의 던전'은 그야말로 날개 돋친 것처럼 팔려 나가고 있었다.

주요 포털 사이트마다 작품에 대한 독자들의 말이 넘쳐 났다. 소미가 정성껏 그려준 일러스트도 덩달아 화제가 되고 있었다.

'깡패의 바다'에서 '바다가 있었다'로 제목이 변경된 작품 역시 출간 전부터 폭발적인 관심을 불러일으켰다.

사전 예약 물량이 소진되는 속도가 '스무 살의 여름' 때보다도 압도적으로 빨랐다.

"와, 재건이 형. 이번엔 200만 부 팔리는 거 아니에요?"

인터넷으로 반응을 살피며 연우는 흥분한 기색을 감추지 못했다. 영화 '스무 살의 여름' 상영이 끝나지 않은 와중에 출간된 신작인 것이다.

관객 수 400만 명을 갓 넘긴 '스무 살의 여름'은 이제 상영관 수도 대폭 줄어 막바지에 다다르고 있었다.

"형, 형 또 실시간 검색어에 떴어요! 박도준이랑 같이 떴는데요? 뉴스도 나왔어요! 압구정 로데오 한복판에서 허리를 깊이 숙인 배우 박도준. 그 앞의 작가 하재건. 두 사람 사이에는 무슨 일이……."

"그만하고 쓰던 글이나 열심히 써."

화장실에서 돌아온 재건이 연우의 머리를 가볍게 밀며 핀잔했다.

"온종일 인터넷만 들여다보고. 그러다 오늘 무신 매니지먼트 2만 자 채울 수나 있겠어? 다 못 채우면 오늘 저녁밥 없다."

"와, 형. 너무하세요. 그런 게 어딨어요?"

"그러니까 굶기 싫으면 빨리 써라."

연우가 사색이 되어 인터넷을 끄고 글을 쓰기 시작했다.

재건은 쿡쿡 웃으며 자신의 자리로 가 몸을 앉혔다. 키보드 위로 손가락을 올리려는 순간 명석으로부터 전화가 걸려왔다.

"네, 편집장님."

–안녕하세요, 선생님. 혹시 내일이나 모레쯤 시간 괜찮으

십니까? 윤태성이라고 상업 영화는 이제 하나 끝낸 신인 감독인데 한번 만나 보시면 좋을 것 같아서요.

"윤태성 감독이요? 아아, 너를 그리는 숲 감독 맞죠?"

–맞습니다. 선생님도 아십니까?

"네, TV는 안 봐도 영화는 꽤 보니까요. 그 감독 작품들이 다 좋더라고요. 독립 영화 많이 찍었잖아요. 거의 다 봤습니다."

–긍정적인 반응이셔서 마음이 놓입니다. 간단히 얘기를 해봤는데 시나리오에 관한 선생님의 요청을 전부 수용할 수 있다는 답변을 해왔습니다.

"신경 써주셔서 정말 감사합니다. 근데 편집장님, 신인 감독인데 투자라든가 배우 섭외 문제는 없을까요?"

–선생님께서 그런 부분들에 대해 걱정하실 필요는 없습니다. 여러 번 말씀드렸듯이 제게 맡겨두세요. 선생님은 작품에만 집중해 주시면 그걸로 충분합니다.

"정말 고맙습니다. 전 내일이든 모레든 상관없으니 시간 정해지면 연락 부탁드릴게요."

–네, 그럼 다시 전화 드리겠습니다.

뚝!

전화를 끊고 난 명석은 자리에서 일어나 서재를 빠져나왔다. 가정부들이 유리창을 닦고 있는 긴 복도를 지나 그는 아버지 태진의 방으로 향했다.

"아버지, 저 명석입니다."

"아, 그래. 들어와라."

명석이 문을 열고 안으로 들어섰다.

태진이 읽던 책을 책상 밑으로 내려놓으며 아들을 반겼다.

"무슨 일이냐?"

"투자 문제로 상의드릴 것이 있어서요."

"투자?"

"하재건 작가요. 웅성출판 그룹의 이름으로 하 작가 신작에 전면적인 투자를 하고 싶습니다."

하재건이라는 이름에 태진은 표정이 살짝 굳어 돋보기안경을 벗었다. 명석은 하던 말을 이었다.

"하 작가의 시나리오를 있는 그대로 살려줄 감독을 찾았는데 윤태성이라고 아직 신인이라서요."

"그렇단 말이지……."

"전작도 있으니 부족한 자금은 다른 투자자들을 그러모아 충당해 보겠습니다."

"하재건이란 작가에게 무척 애정을 품고 있구나."

"실력이 좋으니까요. 오해하지는 마세요. 객관적으로도 충분히 흥행할 수 있고 회사에 보탬이 될 사업이라고 생각해서 말씀드리는 겁니다."

“알았다. 보고서 작성해 봐라. 투자금은 걱정하지 말고.”

“네, 아버지. 독서하시는데 죄송했습니다.”

명석이 나가고 문이 닫혔다.

태진은 아래로 숨겼던 책을 다시 책상 위로 올려놓았다.

재건의 작품 ‘스무 살의 여름’이었다.

읽으면 읽을수록 오랜 친구의 향취가 더욱 크게 느껴지는 건 그저 기분 탓일까.

태진은 알 수 없었다.

to be continued